U0068031

溫哥華 愛未眠

雪倫湖、藍色水銀、語雨 合著

天空數位圖書出版

目錄

溫哥華愛未眠

作者：雪倫湖

"To the world you may be one person; but to one person you may be the world."

對於世界而言，你可能只是一個人，但對於某個人來說，你卻是全世界。

—Dr. Seuss 蘇斯博士

楓葉片片，風景宜人的溫哥華，每年前往此處留學的人，多如過江之鯽。席儂在國中時，看過一部加拿大影集，從此對於溫哥華十分憧憬和嚮往。她喜歡當地的風景、建築、氣候和多元的文化。高中畢業後，照計畫前往溫哥華就讀，在讀語言學校時，她遇到了令她心動的史帝夫，彼時的史蒂夫全家移民到加拿大已經三年。兩人由原來的唇槍舌劍、到相知相惜再到忍痛離別。

現實的殘酷，讓兩人分開；緣分的牽引，讓兩人再度相見。因緣際會之下，重逢的兩人，是向左，向右，還是向前？席儂是否會再次錯過，或是珍惜眼前人，再給彼此一次機會？溫哥華愛未眠，唯愛，讓人難眠。唯心，讓愛未眠。

第一章　陽光燦爛的午後

　　咖啡廳人聲鼎沸，身為老闆之一的席儂看到這個景象，甚是滿意。

　　她剛才走進來咖啡廳，店長芊芊急忙說道：「席儂姊，可以幫忙把這杯黑咖啡端到 E 桌嗎？謝謝啦。」

　　「好的。」席儂穿上店內特製圍裙，化身服務生，將咖啡廳端給客人。

　　「您好，這是本店招牌黑咖啡，請慢用。」席儂微笑說道，準備將咖啡端到桌上。

　　身穿藍色 T-shirt 和牛仔褲，正低頭看手機的男子，雖然看不到臉，席儂卻有種似曾相識的熟悉感。

　　「謝謝。」長相帥氣男子抬起頭，微笑示意。

　　「史……史帝夫？！」下一秒，席儂手上的咖啡突然掉落，在男子的牛仔褲上，灑落一片咖啡的痕跡。

　　「妳猜？！」熟悉的迷人微笑和那句口頭禪。

　　她的心，也隨之飄落，飄回到十年前。

　　青春正盛，恣意張揚的那一年。

十年前，溫哥華

　　高中畢業的席儂，由於父母大力支持，照計畫前往溫哥華就讀。她托福已經考過，但是父母考量過聽力和口說能力，於是幫她報名一學期的語言學校，減輕她進入大學之後的壓力。

　　席儂當然贊成這項建議，因為語言學校上課時間少，一週上四天，她可以有更多時間認識溫哥華，認識這個她心心念念很久之處。

　　史帝夫，就是席儂在語言學校認識的第一個朋友。

　　開學前兩天，席儂和父母將行李搬來宿舍。由於女子宿舍男性不能進入，所以席父就到校園四處拍照。

　　宿舍每間套房約十坪左右。兩人一間，可以互相照顧，又能保有一定的隱私。

　　席儂隔壁床的聽說是韓國人，聽舍監凱蒂說明天才會搬進來。

　　語言學校隸屬於大學，所以占地遼闊、綠意盎然、空氣清新、風景明媚。他們對這裡的環境，十分驚艷且滿意。

　　席母幫忙整理妥當後，決定出去和席父一起大塊朵頤。

　　當席儂推開宿舍大門時，剛好看到一個身高約一百八的陌生男子在門口東張西望。

　　席儂看了這個帥氣的男孩一眼，以為他急著來找女性友人，有點不以為然，脫口而出：「你找人嗎？女子宿舍禁止男賓進入喔。」

　　史帝夫不急不徐地說道：「我是在找人，這個人就是妳。」

　　席儂疑惑說道：「我們認識嗎？」

　　「不認識，我先自我介紹。我叫史帝夫，在語言學校工作，專門幫忙台灣留學生處理相關事宜。剛剛，我看到從妳包包掉落一張證件，原本要還給妳時，妳已經進入宿舍，我本來想拿去掛失處，但妳看起來應該是來此不久，對一些事情並不熟悉，索性就在這裡等妳，免得妳驚慌。這是妳的學生證吧？」

　　席儂一看，的確是自己的學生證，臉一紅急忙說道：「謝謝。」

　　果然，迷糊的人出國還是迷糊，甚至更迷糊。

　　席爸剛好在旁拍照，聽到兩人對話，他看到講中文的人非常開心，連忙說道：「謝謝。你也是台灣人吧。」

　　「是。不過，我移民到這裡幾年了。」史帝夫回答。

「剛剛誤會了，我女兒席儂個性非常依賴又有點少一根筋，所以常常鬧笑話。大家都來自台灣，以後請多多關照一下我女兒，多謝。對了，請問你有名片嗎？」

席爸在職場打滾多年，身為總經理的他，馬上和陌生人搭上關係並不難。席爸心想這個熱心助人的男孩在學校工作，應該可靠。多認識一個人，他多放點心，有了電話，之後如果找不到席儂，還可以有人詢問。

「這是我的名片。」史帝夫禮貌遞出，並微笑說道：「我第一次看到父母帶孩子來學校後，還到宿舍幫忙整理的，你們應該很疼女兒。」

席儂感覺這番話似乎在揶揄她。

但席爸並未注意，他不好意思地說道：「不好意思，出國太急了，名片沒帶，下次請席儂拿給你。」

「沒問題。」

第一次的相遇，並沒有驚天動地，也沒有浪漫動人，反而是有點尷尬的場合。沒想到，兩人的緣分，後來竟是如此之深。

美好室友，善良貼心

時間飛逝，席儂在語言學校已經就讀一個月了。

　　這個月她去了一些溫哥華景點，例如史坦利公園和煤氣鎮、百貨公司，還有幾間她最愛的咖啡廳。

　　她很慶幸，室友韓國人珍妮佛是個「好人」，身高 165 公分左右，擅長打扮，出門必化妝，外表艷麗，給人冰山美人的感覺。然而，卸了妝的她，笑起來像個小女孩，個性可愛隨和，善良貼心。席儂很感謝，竟然擁有這麼好的室友。她們認識幾天後，發現兩人個性相似，都非常愛笑和幽默，所以很快變得親近，無話不說。每天晚上就寢前，就是兩人的姊妹淘時間。珍妮佛會把今天遇到開心或不開心的事告訴席儂，而個性大而化之的席儂，對於不愉快的事情，永遠保持金魚腦，七秒就忘。因此，她常常扮演傾聽角色，給予珍妮佛支持、鼓勵和開導。

　　因為珍妮佛的緣故，席儂也認識不少韓國朋友，有空也會參加他們的聚會，生活多采多姿，非常充實。

　　昨天夜裡，席儂突然想起史帝夫，離上次見面已經幾星期，校園很大，學生很多，所以兩人竟然未曾在校園說上話，除了幾次在學生餐廳擦肩而過，但並未有交談機會。

　　昨天，她收到父親寄來的名片，請她轉交給史帝夫。畢竟之前已經承諾過要給對方名片，不能食言。但是，席儂覺得有點多此一舉，所以沒打算拿給他。

　　沒想到，惦記是一種很玄的事情，中午她竟然遇到史帝夫了。

　　中午，席儂和幾個同學在學生餐廳吃飯，飯後正在聊天時，剛去廁所的珊蒂急匆匆跑過來問道：「你們剛剛有人去廁所嗎？」

　　大家搖搖頭，席儂問道：「發生什麼事了嗎？」

　　「我剛剛在廁所洗臉，把要繳費的信封先放在洗手台放旁邊，結果不到一分鐘不見了。這是我剛領了錢要繳寄宿家庭費用的，我媽也沒辦法馬上匯錢過來啊。慘了，該怎麼辦啊？我會不會被趕出去啊？」珊蒂急著快哭出來了。

　　大家面面相覷，不知道如何是好。

　　史帝夫剛好從旁邊經過，席儂想起他在學校工作，想必可幫上忙，於是叫住了他，「史帝夫，有件事想請你幫忙？」

　　席儂迅速地解釋了一遍。

　　「珊蒂，妳不要急。史帝夫在這裡工作，他會幫妳處理。還有，妳要繳的費用大概多少？我可以先借妳。」席儂看著同學哭喪著臉，忍不住出手相助。

　　「七百加幣。但我可能沒辦法馬上還妳，要等一陣子，可以嗎？」珊蒂小聲地說道。

「沒問題，分期付款也行。」席儂只想趕快解決問題。

史帝夫沒想到，席儂是這麼心軟又講義氣的人，他本以為她只是個出門需要父母陪伴，宿舍需要媽媽整理，無法獨立自主，又帶點嬌氣的女孩。

「等等，我先調閱監視器，過濾可能的人選，那個時段在學生餐廳的人不多，說不定可以把錢拿回來。」史帝夫阻止了席儂。

「可是，我今天一定要繳費。等你找到疑犯或水落石出，應該要好幾天了。」珊蒂聲音突然提高。

她過激的反應，讓史帝夫忍不住朝她看了一眼，珊蒂神情不自然的閃躲，讓他覺得有點不對勁。

「我覺得要釐清……」史帝夫嗅出奇怪的氛圍，想阻止席儂借錢給她。

「史帝夫，借錢的是我，你不要這麼磨磨蹭蹭的。麻煩你先幫我們找出可能拿走的同學，我們會很感激。珊蒂，等等我就把錢領給你。」席儂看到珊地著急的樣子，只想幫她解決問題。大家都是同學，有困難時伸出援手，是理所應當的。

「妳能不能不要任性？衝動又不能解決事情。」史帝夫最討厭浪費錢當老好人的人。

「我衝動？我任性？對，我就是這種人。」席儂最討厭被說成驕縱的那種女孩。一聽此話，怒火中燒，她明明在幫同學解決問題，卻被別人說成任意妄為之人。

「算了，妳把手機電話留給我，如果有結果會第一時間通知妳。」史帝夫說道。

席儂說了一串數字。史帝夫拿起手機直接撥打，「這是我電話，有問題可以直接連絡我。」

「好，那我和珊蒂先離開。」席儂帶著珊蒂準備領錢。

席儂一直在父母豐厚的羽翼下生活，對於人性的黑暗面，理解的不多。她覺得這件事情很清楚，不知道史帝夫為何一直阻止，或許他個性冷漠，或是生性猜疑吧。

史帝夫望著兩人離去的背影，搖搖頭，這件事最好是這麼單純。

水落石出，人性難測

三天後的傍晚，席儂接到史帝夫的來電。

「席儂，關於之前的失竊案，我要跟妳聊聊。」

「你通知珊蒂了嗎？」席儂問道。

「還沒。」

席儂一臉疑惑，難道史帝夫不應該先去通知珊蒂嗎？為何來通知她？

「我懷疑那件事是珊蒂自導自演。」史帝夫嚴肅說道。

「你是不是疑心病太重？」席儂一臉不可思議。

「妳真的很會惹怒人。算了，妳先聽我說」史帝夫耐住性子說明原委。

原來史帝夫已經看了監視器，拍到廁所外面的畫面。幸運的是，那段時間進入那間廁所的只有兩人。除了珊蒂一人，還有一個外國學生，但是她還沒進廁所就接到電話，她改走到旁邊，所以並未進入廁所。接下來，就拍到珊蒂一臉難過地跑出來。

「所以，我們懷疑可能是珊蒂說謊，編個謊言搏取妳們的同情心，想跟你們借錢，沒想到我突然經過，這件事就變成棘手多了，難怪她會急著請妳拿錢給她。」史帝夫解釋道。

「怎麼可能？她看起來很慌張又難過？」席儂仍不敢相信。

「我建議妳跟她當面對質。我猜她現在應該很愧疚，妳要如何處理我就不過問了。」史帝夫保持一貫冷靜態度。

「如果她真的騙我，我絕不會原諒她。」席儂信誓旦旦說道。

「你這種耳根子軟的人，最後應該也是原諒她吧，而且也不會真的把錢全部拿回來。」史帝夫猜席儂應該會原諒珊蒂吧。

「你太小瞧我了，賭一頓 Walmart 旁邊那間吃到飽如何？」席儂果然不能被激，賭性堅強。

史帝夫在單親家庭長大，母親忙著賺錢養家，從小一人獨立懂事，遇到很多事情都自己解決，為了不讓母親心煩，他總是報喜不報憂。每當要繳學費，就是他最痛苦的時候。母親只是一般上班族，收入有限，兩人只求溫飽，不求奢侈。有時捉襟見肘時，母親還得回娘家借，對於一個離過婚的女人，他們臉色自然不會有多好。所以他很懂得金錢的重要，不亂花錢，也不要用金錢收買人心。幸好上天眷顧，母親幾年前認識了他現在名義上爸爸，對方從小移民到加拿大，所以兩人結婚後，他就跟著繼父和媽媽搬到溫哥華。

生活變得迥然不同，繼父對他非常照顧，生活無虞，再也無須擔心金錢。這幾年來，他從原來有點悲觀和冷漠，漸漸變得活潑和開朗。

環境和愛，都可以改變一個人。

「賭就賭。外加幫對方做一件事。」史帝夫本來懶得玩這種無聊遊戲，但是聽到席儂洋洋得意的聲音，突然想挫挫她的銳氣。

她一副未經世事，有勇無謀的天真模樣，讓他覺得──

很刺眼。

「好。」短短一個字，讓席儂的人生改寫。

席儂和珊蒂到學校一處比較僻靜的地方長談，對方坦承因為媽媽這個月要晚點寄錢，所以她在無計可施之下，才會自己編造謊言。她心想，如果開口跟大家借錢，答應的機會比較小。但如果是意外，幾個朋友，一個人借個一百加幣應該不困難。只是她沒想到，席儂竟然答應一口氣全數借給她。更沒想到，史帝夫的介入，讓她戳破自己的謊言。

「妳不應該說謊騙我，我很生氣。」更難過的是，她還跟史帝夫打了賭。

「席儂，對不起妳。這幾天我很自責又擔心，都睡不著，好幾次想跟妳坦白，卻因為自卑和覺得愧對妳而作罷。真的對不起，請妳原諒我。錢我過幾天會馬上還妳，真的很抱歉。」滿臉淚水的珊蒂突然作勢要跪下，席儂連忙拉住她。

「沒這麼嚴重啦。我猜妳是被逼急了，所以才會出此下策。還錢的事不急，等伯母寄給妳時再說。」席儂看對方又哭又愧疚，實在於心不忍。

「謝謝。」珊蒂握住她的手。

席儂突然想到，剛剛好像太感情用事，現在賭輸了，不但要被史帝夫嘲弄，還要免費幫他做一件事。

「算了，反正他應該也不會為難我。總不能因為打賭，硬逼珊蒂把錢吐出來。」這些錢對她而言並不多，但對其他人而言，卻是救命稻草。如果因此幫助他人，輸了就輸了吧。

席儂如約請客。

這間台灣人開的楊家吃到飽餐廳，由於食物多元又美味、氣氛佳、裝潢好、飲料種類多，加上價格合理，所以客人絡繹不絕。

剛開始兩人有點尷尬，低頭猛吃食物，不知道該說甚麼話。

席儂並不是害羞或話少之人，但因為賭輸請客，心中難免不高興，加上不知道對方會要求她做什麼，所以無心開啟話題。

終於過了三十分鐘後，史帝夫開始喝咖啡了，席儂心想，這矯情時刻終於要結束了，在吃完飯之前，她想先知道史帝夫的要求。

「對了，史帝夫……」席儂開口。

「要幫我做的事，我暫時想不到，以後再說吧。」史帝夫猜出她的問題，邊喝咖啡邊回答。

席儂訝異著對方的敏銳和聰明。

人一旦放鬆警惕，話自然變多。

「那個，你也喜歡喝咖啡嗎？」席儂隨口問道。

「也？所以你也喜歡咖啡？」史帝夫反問。

「是啊。我喜歡摩卡和愛爾蘭。」席儂不假思索地回答。

「啊，我也喜歡摩卡和愛爾蘭。」史帝夫回答如出一轍。

「我剛發現你也喜歡雞肉，是吧。」席儂問出興趣了，她觀察力很強的，剛剛她就想問了，只是覺得有點不合時宜。

「對，我的最愛，尤其是唐揚雞和梅汁雞柳。」

「好巧。」席儂訝異於兩人食物的口味挺相似。

「我還沒咖啡之前，妳講的話不超過五句，一臉生無可戀，我還以為妳不善言詞，不苟言笑。」

「哈哈哈，我很健談呢，也很愛笑啊。」席儂被他的冷幽默逗笑，忍不住恢復本性。

「我猜妳是因為這頓飯要結束了，所以心情變好了。或是因為不必幫我做事，負擔變輕了。」史帝夫一針見血的毛病，有時候真的很帶感，減少不必要的累贅陳述。

「哈哈哈。」席儂再次傻笑以對。

她的心思竟然全部被猜中，彷彿被攤在太陽光下，一覽無遺。

史帝夫看著她一臉被猜穿的蠢樣，突然覺得有點好笑，表情管理果然很糟糕。心中的想法和臉上表情，竟然一模一樣。

放下芥蒂的兩人，不再拘束，開始閒聊，他們訝異地發現彼此喜歡的食物和飲料差不多，興趣都是唱歌、看書、看電影和旅行，最喜歡的書是福爾摩斯系列，最愛的運動是羽毛球。

最妙的是，兩人都喜歡《小甜甜》這部卡通。

「很少有男性喜歡《小甜甜》這部卡通耶。」席儂忍不住打趣道。

「因為我喜歡她充滿陽光的性格。雖然她從小生長在孤兒院，沒有背景，但卻樂觀積極，即使被人看輕，遇到很多挫折，仍然努力活出美好的模樣，所以以前我當學生時，非常喜歡這部卡通。」一閃而過的陰鬱，被史帝夫用笑容抹去。

　　席儂卻在一瞬間看見了他眼底的落寞，每個人都有自己不想讓人知道的祕密吧。

　　霎那間，她突然有種想問的衝動。

　　有了相同話題，相同的喜好，聊天似乎不再那麼無趣。

　　原本以為是頓乏善可陳的賭約飯局，結局竟然是歡樂滿屋。

　　緣分，原本就妙不可言。

我會有這樣的愛情……全世界在我眼中這時分為兩半：一半是她，那裏一切都是歡喜，希望，光明；另一半是沒有她的一切，那裏一切是苦悶和黑暗。

——列夫托爾斯泰

第二章

時光匆匆，如白駒過隙，多采多姿的學生生活，轉眼間過了幾個月。席儂在適應環境的同時，還有不少功課和報告要撰寫。她和室友珍妮佛感情更加密切，聊天內容更多元。這段時間，席儂認識更多來自不同國家的同學，也認識很多台灣來的朋友，包括對她有好感的馬克。

此外，席儂和史帝夫的關係，在這幾個月中悄悄升溫。由於席儂沒有車，要買超市或是購物中心，不是搭便車就是搭公車。有緣的是，幾次巧遇史帝夫剛好要去「超市或商場」，於是席儂順理成章搭順風車，室友珍妮佛有時也會一同前往。其實，席儂人緣很好，常常有朋友或同學表示要載她一程，尤其馬克。但是她卻偏愛和史帝夫一同前往，因為有種莫名的親近感，又不會覺得受人幫助而有負擔。

幾次相處後，她發覺史帝夫雖然外表有點吊兒郎當，然而卻是個體貼又細膩的人。在很多細節中展現出來，而不是蓄意的討好。席儂以前看過一本非常有名的小說，由珍·奧斯汀(Jane

Austen）撰寫的《傲慢與偏見》，當時她並未全然了解為何看待別人會存有偏見呢？如今，她竟成為書中人，在不理解他人情況下，不小心戴上偏見的眼鏡，而產生誤會。

珍妮佛自己也有暗戀的對象，一個叫羅傑的韓國同學。

羅傑和席儂正好是同學，兩人之間有點交情。因為，席儂曾經在報告中，幫羅傑那組畫了海報並且修改內容，讓他們得到不錯的分數，因此，羅傑對席儂帶有點佩服，慕強是種天性，會讓人產生好感。有天，席儂回去宿舍後，珍妮佛正在哭泣。

「發生什麼事？」席儂擔心問道。

「羅傑今天當著大家的面莫名其妙罵我，就因為我沒跟他打招呼。」珍妮佛委屈說道。

因為她的示弱，讓羅傑更盛氣凌人了。

「珍妮佛，我幫妳討回公道。」席儂誇下海口，但是她自己其實也沒有把握。

「歐暟，不要這樣，我哭完就沒事了。」珍妮佛了解席儂單純的個性，可能真的會被羅傑修理吧。

沒想到，事情卻峰回路轉。

　　下課後，席儂一股腦兒地衝到羅傑前面，希望跟他單獨談談。她氣呼呼地說完過程，但羅傑只是冷靜地聽著。聽完來龍去脈後，羅傑問道：「妳和珍妮佛很好嗎？」

　　「對，我和她是室友和好友。」

　　羅傑點點頭，「妳希望我怎麼做？」

　　「跟她道歉或是讓她不要太難過。」席儂有點意外，她以為對方起碼會糾纏、發怒或是不理。

　　氣勢，要有氣勢。雖然有點驚訝，但席儂仍然假裝強勢說道。

　　「妳曾幫過我，所以我給妳面子，這次我聽妳的。」羅傑點點頭。

　　「如果你道歉，下次報告，我可以幫你畫海報，製作 PPT。」席儂趁勝追擊。

　　羅傑突然露出一抹迷人微笑：「跟妳做朋友，很幸福吧。」

　　「你不是我朋友嗎？你說呢？」講完這句話後，席儂發現自己問錯問題了。

　　「席儂，要出發去超市了。」當羅傑要回答時，被突然出現的史帝夫打斷了。

「啊，差點忘了。羅傑，剛剛跟你說的話別忘了，謝謝。」席儂向羅傑揮揮手。

羅傑看了她一眼，點點頭。

莫名情緒，原來是喜歡

車內異常安靜，史帝夫保持沉默就算了，連音樂都不放了。

席儂覺得氣氛有點不對勁，卻不知如何破冰。

今天史帝夫的心情似乎不太好。

「剛那人是誰？」史帝夫假裝若無事地問道。

「我同學啊，他叫羅傑。」席儂說道。

「你喜歡他嗎？你們之間氛圍曖昧。」史帝夫問完後，差點沒急踩煞車，他竟然會問這種蠢問題。

「要看喜歡的定義為何。但如果用比較級來說，珍妮佛的喜歡絕對遠大於我。」席儂不想說太明白，畢竟這是珍妮佛的私事。

「是嗎？我剛聽到他說當你朋友很幸福，還有他看你的神情……」史帝夫戛然而止

「他桃花眼啦。對了，我明天想去買珍妮佛的生日禮物，如果你可來載我去購物中心，我把完整故事告訴你。」

「成交。」史帝夫完全沒考慮，直接答應，對席儂的關心，激發他的好奇心。

隔天，買完禮物後的席儂，興沖沖地回到宿舍。

她看見笑意盈盈的珍妮佛，心中有數。

羅傑不但道歉，還買了一杯咖啡請珍妮佛喝。

珍妮佛更感謝席儂，也清楚她是真心待自己好的人。

「妳怎麼做到的？我好好奇喔。」珍妮佛問道。

「惡勢力，哈哈哈！」席儂大笑，連忙轉移話題：「漂亮的珍妮佛，生日想好怎麼慶祝了嗎？」

「妳竟然記得我生日，好感動。其實，除了妳，我和其他朋友都還不是特別熟，也不好意思跟他們提生日派對之事。」珍妮佛有點為難。

「妳想約誰，寫下來給我，我幫妳辦場生日派對。我禮物都買好了，就是妳上次提過最想要的飾品，我都記得喔。」

珍妮佛忍不住紅了眼眶，抱住席儂：「妳真的好好。」

　　席儂眼眶濡濕，拍拍她的背部。「我比妳大幾個月，照顧妳是應該的。」

　　兩個女孩的友誼，在異國，在秋天，在楓紅片片，更加顯得耀眼。

　　珍妮佛生日派對時，羅傑和史帝夫也到場了。珍妮佛突然說道：「史帝夫人真好，帶我們去很多地方，幫我們解決很多不便問題啊。老實說，我和他也不是很熟。妳看，連我生日，他都載我們到會場。」

　　「他人雖然外表冷淡，但很熱心，因為他喜歡幫助別人，叫我們不要放在心上。」席儂脫口而出。

　　「歐暗，你有點 simple，我覺得他是真的想幫妳，但又怕妳不自在。」珍妮佛眨眨眼，微笑說道。

　　「為何？」席儂疑惑道。

　　「史帝夫看妳的神情，非常特別喔。我覺得，他對妳應該是有好感，否則不會如此貼心和勤奮。」珍妮佛眼神慧黠，可愛一笑。

　　「是嗎？」席儂其實有想過，但又不敢置信。她外表並非十分亮眼，個性也不熱情。但是，理智告訴她，沒有人會平白無故釋出善意

　　「哈哈，妳回想一下，就會明白。對了，我星期六晚上六點，想請他吃個飯，謝謝他這幾次的便車，麻煩幫我約一下吧，謝謝啊。」珍妮佛突然說道。

　　「好。」席儂點點頭，心中有點難以言喻的感覺。

　　其實，珍妮佛是個聰明的女孩，她想製造機會給兩人。

紅娘室友，臨門一腳

　　席儂原以為史帝夫會拒絕，畢竟他看起來不像是貪小便宜之輩，不過，令人意外的是，他爽快答應。

　　當天史帝夫開車來接珍妮佛，席儂向他們道別後，史帝夫突然疑惑道：「妳不去嗎？」

　　「珍妮佛要請你，祝你們玩得愉快。」

　　「姊，一起去吧。我和史帝夫不熟，吃起飯來挺尷尬的。」珍妮佛撒嬌道。

　　因為這間法式餐廳在購物中心裡面，一抵達餐廳，珍妮佛就藉故要買禮物，約了兩小時後碰面，就匆匆開餐廳。所以，這一次的吃飯之行，變成兩人單獨約會。

　　經過這幾次相處，史帝夫發現，之前覺得席儂刺眼，嚴格說起來，是「羨慕」，他羨慕席儂的無憂無慮，未經社會苦難洗禮，所以對每件事情都抱持樂觀正向的一面。

　　兩人拋開偏見，彼此也更加熟稔。

　　外向貼心的珍妮佛，常常和她聊史帝夫，在一旁推波助瀾。

　　在二月十四日這天，認識約半年後，史帝夫送上戒指，確認男女朋友關係。

　　「席儂，妳知道嗎？剛開始妳天真的樣子，讓我很介意。人生難免有困境，然而在妳身上，卻彷彿風平浪靜，波瀾不驚。」

　　「這是事實啊。我很感激我的幸運，你呢？我想知道任何和你相關之事。」

　　史帝夫將內心最深沉的世界，和席儂分享，這是第一次，史帝夫覺得可以信任一個人，允許對方走入內心，毫無保留的將內心世界，讓對方知道。這個人不會嘲笑他，鄙視他，或是無法理解他。

　　這一刻兩人非常親近，感情變得更深，彷彿一起經歷過史帝夫的苦難，也讓史帝夫的負擔，減輕許多。

史帝夫帶席儂到很多景點遊玩。例如史坦利公園、伊麗莎白女王公園、布查德花園、維多利亞島等等。當然，喜愛咖啡廳的兩人，遊遍溫哥華以及鄰近省份的咖啡廳。

現實，一直擺在兩人之間，只是他們從來沒有想過，也不願去想。

三年多過去了，席儂畢業後即將回台灣，父母和家人都很想她，並期待她回家。

雖然史帝夫希望她留下來工作，然而申請工作和簽證，實屬不易。

臨近分別的日子，兩人爭執的頻率越來越高。

隨口氣話，傷人也傷自己

某天，兩人認真的討論工作問題。席儂說道：「你希望我配合你，留在這裡工作。那你呢？為何不是你配合我，跟我回台灣工作呢？我回去台灣是因為我家人，我朋友都在那裡。」

「那不一樣，我在這裡工作穩定，有房有車，而且我家人也在這裡。如果回台灣，我要重新來過。」

「你不覺得你很自私嗎？」席儂冷哼了一句。

「我不是自私，我是就事論事，找出最適合兩人的方案。妳能不能理智點，別感情用事。妳回台灣找工作，或是在這裡找工作都一樣，都是要「找」才有工作，所以我才會建議妳留在這裡。」

「不勞你費心，我回去就有工作了，馬克已經幫我安排好了。」

馬克，就是暗戀席儂的同學，後來兩人變成好友。

其實，席儂已經拒絕對方好意，但因為在氣頭上，竟然脫口而出說出此事。

「原來如此，難怪急著回去，也不敢跟我說，還以父母家人當藉口。」這種被背叛的感覺，讓史帝夫年少時，不信任別人的傷口，再度被掀開，他感到刺痛卻又無能為力。

「我們坦蕩蕩，沒什麼不敢說的，是你疑心病太重，把利益金錢放第一位。而且，我是真的想念家人，你懂嗎？」氣頭上的席儂，沒注意到自己胡言亂語。

「疑心病」、「金錢」」、「親人」是史帝夫的地雷，那是他少年時期的痛和悲。有人說：「有人用童年治癒一生，而有人用一生治癒童年。」不管是哪一種，都是心中無法言喻的痛楚。史帝夫吸了一口氣，點點頭說道：「如果妳有更好的前途，我尊重妳。我還有事，先走了。」他表情平靜，語氣平和

說道，「還有，我以為妳理解我，所以我把內心的不堪都告訴妳，沒想到，卻變成妳的武器。」史帝夫意味深長地看了席儂一眼，轉身離開餐廳。

「我……」席儂覺得自己該說點什麼，她知道可能會失去生命中很重要的人。但是，如鯁在喉，一個字都說不出來。

席儂隔天，打了電話解釋，但是問題還是存在，傷害也存在，兩人一直未達到共識。

分手，變成了最後的歸路。

人來人往，潮來潮去

兩人是相愛的，但是距離是現實的，兩人之間無法達成一致，愛情也無法繼續。回到台灣的席儂，讓自己每天保持忙碌，而史帝夫亦同。父母對史帝夫，印象深刻，也頗有好感，對於兩人分手，深感惋惜。

時間是最好的療傷藥劑，回台灣一年多後的席儂，因父親買了新房子，而離開了原居住地。

有時她想，如果史帝夫想找她，也失去了線索。然而，她轉念一想，如果真的想要找她，這一年多早就來了，然而，他毫無訊息。可見，他已經走出了情傷。又或許，他已經開始新的一段感情。

　　這幾年來，夜深人靜時，席儂常會想起史帝夫，心中仍有他的位置。所以，即使有人追求，她總會下意識地拿對方和史帝夫比較，因此總是無疾而終。

　　回來十年了，席儂決定完成自己的夢想，擁有屬於自己的咖啡廳。她存了一筆錢，加上父母的親情資助，開了一間風格很像她和史帝夫在溫哥華時，最愛去的那間咖啡廳。

　　沒想到，十年後，席儂竟然再度看到難忘的史帝夫。

陽光燦爛的午後，一別經年

　　「史……史帝夫？！」下一秒，席儂手上的咖啡突然掉落，在男子的牛仔褲上，灑落一絲咖啡的痕跡。

　　「妳猜？！」熟悉的迷人微笑和那句口頭禪。

　　「我再去準備一杯新咖啡。」席儂心裡小鹿亂撞，急忙想離開。

　　「不用了，我剛剛已經喝了一杯。比起咖啡，我還有更重要的事情。坐吧。」

　　「好……好久不見。」席儂侷促不安。

　　「好久不見，剛剛看到妳時，我真的很開心又激動。對了，妳……結婚了嗎？」史帝夫鼓起勇氣問道。

「哈哈，你還是沒變，講話依舊一語中的。不瞞你說，小姑獨處中。沒結婚，也沒男友。」席儂露出真心的微笑，她還是懂史帝夫的。

「很棒。」史帝夫如釋重負。

「你來台灣出差嗎？」席儂坐立難安，內心澎湃不已。

「不是。」史帝夫笑意盈盈。

「還是來台灣玩嗎？」要命，即使這麼多年沒見，席儂看到史帝夫，仍然深受對方吸引。

「不是。」史帝夫盯著她看。

「那……」席儂語塞。

「我來討回當年妳要幫我做的事情。」史帝夫一語雙關。

席儂竟然秒懂了。兩人之間的默契，即使時隔多年，依然如故。

是啊，當年席儂曾承諾要無條件幫史帝夫做一件事，後來因為相戀，兩人早已忘了當年的打賭。

「你說吧。你要我幫你做什麼事？」席儂有點期待，又有點懵懂。只為了一件事，千里迢迢的從溫哥華跑來這裡，這未免太幼稚，卻很浪漫。

「我……要妳繼續當我女友。」

「啥？」席儂一臉癡呆。

「我認輸了。十年來，我發現我忘不了妳。所以，我搬回來台灣了，我知道妳喜歡咖啡廳，所以有空我就到不同咖啡廳，希望能與妳再次相遇。當我看到這間咖啡廳的名稱，是妳當年曾提過的，非常特別的店名。所以，我進來了。而且，我很幸運。」史帝夫一臉誠懇。

「這是第幾間你去過的咖啡廳啊？」席儂既感動又感激。

「妳猜！」史帝夫露出燦爛開朗的笑容。

就如同兩人往後共同擁有——

光輝燦爛的人生。

一週的戀人

作者：藍色水銀

壹：年關將近

　　過年，是許多單身狗不願回家的節日，不論男女，因為有太多親友會問：「有女朋友了嗎？有男朋友了嗎？交往多久了？打算結婚了嗎？什麼時候要生小孩？需要幫你介紹女生嗎？需要幫你安排相親嗎？」之類的問題，連續一整週的疲勞轟炸，煩都煩死了，有些人為了讓長輩閉嘴，乾脆騙長輩說已經有對象了，但事情並沒有這麼簡單就結束，可能越搞越複雜，就像現在這個情形。

　　「喂？」他躺在床上，半夢半醒之間，因為他昨晚跟朋友到夜店去瘋了幾小時，還在宿醉中，勉強找到了電話。

　　「德意啊！今年過年，要把準媳婦帶回家，知道嗎？」電話那頭，是德意的母親。

　　「媽？妳再說一遍，我沒聽清楚。」確實，他接起電話之後，還昏昏沉沉的。

　　「我說，今年過年，要把準媳婦帶回家，知道嗎？」她放大了音量，深怕自己的兒子沒聽清楚。

　　「準媳婦？媽，你在說什麼啊？」德意忘了之前已經答應母親，過年要帶女朋友回家的事了。

「你不要耍賴啊！上個月是你自己說要帶她回家過年的，你忘了嗎？」

「原來是這件事，我沒忘啊！媽。」

「沒忘就好，大伙都等著看你的女朋友呢！」

「什麼？大伙？」德意這下真的醒了，該怎麼辦呢？

「對啊！整個家族都想看，你們這一代，就剩你還沒結婚、生子了。」

「可是……」可是德意是騙她的，根本沒有女朋友這回事，所以這下他頭痛了。

「別可是了，我們家可丟不起這個臉，你一定得把準媳婦給帶回來，知道嗎？」

「知道了！」德意抱著兩尺高的史奴比，一臉無奈地坐在床上，心想，這下慘了，要怎麼解決這件麻煩事呢？

起床後，他開始翻名片簿、聯絡簿、電子信箱聯絡人、臉書朋友、LINE 朋友，接著一一聯絡可能的人選，希望有人答應當他一週的戀人，但他從滿懷期待到跌落谷底，不是被笑，就是被罵神經病，並且立即掛電話或是被封鎖，甚至被罵得狗血

淋頭，三字經跟五字經都冒出來，這下，他徹底絕望了，但問題還是該解決，於是他決定找他的好友趙得助幫忙。

「事情就是這樣！」德意跟趙得助因為名字唸起來像兄弟，所以他們的感情也像親兄弟般，麥當勞的某個角落，兩人都點了一杯熱拿鐵，德意已經把事情說了一遍。

「哈～～～」趙得助聽完是笑個不停，因為他這個乾弟弟實在太寶了，竟然傻到一一聯絡那些不熟的女性朋友。

「大哥，拜託你別再笑了，我都快瘋了，你還笑。」

「好，我不笑，哈～～～」但他還是忍不住繼續笑。

「連你也不幫我嗎？」

「不，不是不幫，而是沒有人選。」

「你不是認識很多女生？」

「她們都是夜店玩咖，你帶回家，只會丟臉的。」

「什麼意思？」

「你不知道嗎？她們去夜店，只是為了找男人上床，尋找刺激而已，這樣的女人，是不可能跟你回家的，更何況全程要一個星期，這難度也太高了。」

「那怎麼辦？我如果沒有帶一個像樣的女生回家，一定會被我媽剝掉一層皮的。」德意一臉失落。

「這樣吧！我盡量幫你問，但你不要抱太大的希望，因為人家也是要回家過年的啊！」

「好吧！那就麻煩大哥了。」

「客氣什麼！你我雖非親兄弟，但感情卻比許多親兄弟還好，你的事就是我的事。」話雖如此，趙得助是否真心幫忙，只有他自己知道了，因為兩天過去了，他還是沒有回應德意，LINE 的訊息裡，顯示的是已讀，但沒有回應，德意在這兩天裡，都不知道看了多少次他跟趙得助的訊息。

貳：徵求戀人

「大哥，有消息了嗎？」德意終於還是忍不住撥了電話。

「沒有，過年大家都要回家，不然就是出去玩，真抱歉。」

「那怎麼辦？」

「你得自己想辦法了。」趙得助說完便掛斷電話，德意則是失落地坐在床邊，世界彷彿籠罩在滿天的烏雲下，看不到陽光，也看不到明天。

　　這下德意慌了，打開筆電上網，開始搜尋相關的網站，沒想到竟然被他找到一個，而且真的有人跟他一樣，也在徵求一週的戀人，他立即依樣畫葫蘆，並且把酬勞增加三倍，也就是十二萬元，填好所有的資料之後，他開始了漫長的等待，因此他每幾分鐘就看一次網站跟手機，深怕漏接了任何的訊息。不過他的運氣似乎不佳，另外幾個徵求的人都已經有了結果，但他卻苦等了五天，仍然沒有結果，可把他急死了。

　　「怎麼辦？只剩兩天了，還沒有消息。」德意自言自語道，他開始在屋裡走來走去，非常不安。

　　「如果去酒店找，不知道行不行？可是，她們卸妝之後應該會很醜，不行，說不定她們會趁機敲詐。」德意的腦海出現了他的錢被騙光，導致他流落街頭的畫面。

　　「去夜店問看看吧！就這麼決定了。」不過他並未成功，因為那些女孩都是去找刺激的，怎麼可能答應呢！最慘的是遇到這樣的。

　　「你說什麼？要我到你家住一星期？神經病。」

　　「拜託妳了，我會給妳十萬元的。」

　　「你當我是妓女嗎？有病要去看醫生，不是來夜店。」這女生雖然穿著很辣，但她要的絕不是錢，因此非常生氣。

「我有病？」德意的右手食指指著自己的鼻子。

「不是嗎？」女孩說完便去找她的朋友，繼續狂歡，留下錯愕的德意，他彷彿跌入地獄般痛苦，原來求人幫忙是這麼困難，尤其是這麼難的任務。

回家之後，德意又開始尋找同類型的網站，這次他比較認真找，一共又發現了三個網站，於是四個網站同時發佈消息，他忽然靈機一動，增加了一個條件，凡介紹成功者也可以獲得二萬元，不過，還是沒有消息，最後這兩天，就只剩下三個小時了，但依舊沒有人回覆他，可把他給急到快崩潰了。

德意索性拿出伏特加，打開電腦，一面喝一面等，一直按重新整理的按鍵，過了三個小時後，他已經喝得醉醺醺，眼睛根本看不清楚是否有人回應了，接著他爬向浴室，好不容易才把衣物脫光，在浴缸裡淋浴了半小時，此時已經是凌晨，半醉的他爬上床，對這件事已經不抱任何希望，直接睡覺去了。

參：追錢女孩

就在半天之前，一個女孩看到德意的留言，不過她必須趕場，所以就先把資料抄起來，等她忙完才撥電話。

「安安啊！幾點可以過來？」那是德意剛剛去的夜店‧老闆打這通電話的時候‧其實德意就在不遠處找人幫忙。

「現在就可以過來啦！今天要穿辣一點喔！」

「沒問題‧要露北半球還是南半球？」

「南北都露不行嗎？」

「我沒那種衣服。」

「那就南半球好了‧客人的眼珠子一定會掉出來。」

「我這麼犧牲‧你要付我多少錢？」

「兩千夠嗎？」

「才兩千？我很缺錢耶！」

「不要就拉倒‧我還可以找樂樂跟寶寶。」

「那兩個太平公主？」

「樂樂去了一趟韓國‧現在跟妳一樣‧是 F 罩杯。」

「好吧！兩千就兩千。」

「不要遲到喔。」

事實上‧安安也跟德意在夜店裡照過面了。

「先生，要不要來一手百威啤酒，今天有優惠喔。」

「對不起，我正在談事情。」德意沒有正眼看她，但安安卻已經看到德意的樣子。

「那我等等再來好了。」不過安安再來的時候，德意已經離開，兩人就這樣錯過了談話的機會。

「天哥，今天一共賣了三十七手，還可以吧？」安安問老闆。

「還不錯，這裡是兩千，明天還來不來？」天哥拿出兩張千元鈔，安安接過手之後，竟往胸部上的內衣裡塞，天哥的眼珠子差點就掉了出來，開始猛吞口水。

「妳穿這樣，真性感。」天哥盯著她的南半球說。

「你想怎樣？」

「看看都不行啊？其他客人不也都看了。」

「可以啊！你要付我多少錢？」

「談錢就傷感情了，而且，妳缺這麼多錢，我可養不起妳。」天哥這下只好把頭轉到別處。

　　「知道還問。」天哥雖然是安安的粉絲，但因為安安是錢坑，他才不敢追這個燙手山芋。

　　「還差多少？」這次天哥是認真的，他看著安安的眼睛問道。

　　「一百多萬吧？我也不清楚真正的數字。」

　　「妳這樣不行啦！光利息就把妳拖垮了。」

　　「沒辦法，我也不想，我要趕下一場了。」

　　「掰。」

　　安安騎上機車，火辣的妝扮實在很搶眼，但不管路旁的人怎麼看她，她只想火速的趕到海產店，繼續當酒促小姐，不過今晚海產店的生意不怎麼樣，只有三桌，而且都已經喝得醉醺醺，老闆娘心不甘情不願的掏出五百元交給她，並要她以後別來了。

　　「有什麼了不起？改天我在對面開一家相同的店，把妳的客人全搶光。」安安拿了錢之後在遠處自言自語道。

　　回到家的安安，卸下濃妝艷抹，還有假睫毛，清純的樣子還真是迷人，跟那個打扮妖艷的酒促小姐判若兩人，梳洗之後，穿著睡衣坐在書桌前，把存摺拿起來看，裡面有五萬多元，那

已經是一年來最高的數字，她把帳本拿出來，一筆一筆的對照，上面有酒促賺的錢、舉牌賺的錢、當直播小幫手的錢，還有那份工廠正職賺的錢，那是一份真正的作業員工作，但只比基本工資高一些，而且一年多來沒有任何加班的機會，也因為如此，她才會到處兼差，希望早點把父親留下的賭債還清，但對方是吸血鬼，利息那麼高，她怎麼可能還得完呢？其實她也不是沒有機會還清，只不過那個條件安安不肯接受，那個債主希望安安陪他一年，以抵消賭債，不過安安沒有答應。

　　一想到那個債主醜陋的臉孔、滿嘴的黑牙還帶著檳榔的紅，不時散發出檳榔與煙混合的臭味，還有滿頭的青春痘，操著一口台灣國語，更糟的是他已經快五十歲，想到這時安安已經想吐了，這簡直是賴蛤蟆想吃天鵝肉嘛！他怎麼配得上自己呢！還是認真賺錢吧！錢？對了，還有一筆錢可以賺，就是德意在網站上的留言，只不過現在是凌晨，她覺得不方便撥電話過去，所以她就先睡了一會。不過她睡不著，翻來覆去地，因為過年前，必須還給債主十萬，否則又要付利息，一想到這裡，安安就心有不甘，明明已經還了幾十萬，可是對方卻不認帳，說只是利息，除非一次還清，這時，才凌晨四點，她拿起電話撥了出去。

肆：一拍即合

「喂？」德意接起電話，但他還有點醉，意識不怎麼清楚，不過，接下來的對話讓他跳了起來。

「你好，請問是巫德意先生嗎？」

「我是，請問有什麼事嗎？」

「你是不是在網路上徵求一週的戀人？真的有十二萬元嗎？」

「對，我確實有在網路上留言。」

「方便見面談嗎？」

「方便，現在是幾點啊？」德意還迷迷糊糊的。

「凌晨四點。」

「妳希望在哪裡？」

「五權路與復興路相交那家麥當勞可以嗎？」

「可以，我就住附近而已。」

「那太好了，我也在附近。」事實上，他們兩人住在同一個大社區裡，只不過兩人的作息時間不同，從未碰面，就算看

到，也未必認得出來，因為安安的外表一直在變，她的化妝跟穿著，跟現在的她完全不同。

「你多久可以到？」

「十分鐘吧！」

「那就點餐區前的長桌見了。」

「巫德意先生嗎？」點餐區前，安安問。

「我是，怎麼稱呼？」

「安安。」

「有全名嗎？」

「林安雅。」

「先點東西吧！」

「熱美式，就是黑咖啡，不加糖跟奶精。」安安對著點餐的服務生說。

「我也一樣。」

「抱歉這個時間打擾你。」安安說。

「不，該說抱歉的人是我，因為要委屈妳一個星期了。」

「我可以先拿十萬嗎？因為我很需要這些錢。」

「沒問題，等等我就拿給妳。」

「我可以問原因嗎？」

「妳是說為什麼要徵求一週的戀人嗎？」

「是的。」

　　於是德意一五一十的把來龍去脈都講得清清楚楚，只是安安有點睏了，頻頻打哈欠，德意也注意到了。

「妳累了。」

「對啊！忙了一整天，還沒睡。」

「這樣的方式妳能接受嗎？」

「可以，真的不必做愛？」

「沒錯，我們只是假裝一星期而已。」

「什麼時候出發？」

「今天下午。」

「這麼急？」

「對啊！明天就是除夕，我擔心塞車，所以提早一天。」德意看著安安離開，也放下心頭那塊大石頭，到櫃台點了一份雞塊跟漢堡，他真的餓了，三兩下就吃光它們。

回到住處，安安準備了幾件換洗的衣物塞進背包裡，先騎車到附近的銀行匯出那十萬元，然後才到約定的地方。

「不錯的車嘛！」安安看著賓士休旅車上的德意說。

「還過得去，昨天剛過戶的二手車。」

「二手車？」

「對啊！我在這裡工作，這些車都是我的。」那裡是一間二手車行，大約有五十部車，大部份是賓士跟寶馬的舊車，國產車只有不到十部。

「原來你是這裡的老闆。」

「不敢，做點小生意而已。」

「那麼客氣，這些車至少值一千萬吧？」

「差不多，上車吧！」

兩人在車上聊了一些個人的基本資料、興趣、工作等等，就怕會在眾人面前穿幫。

「記牢了嗎？」德意問。

「沒問題的。」

「等等下車，要練習一下親密的接觸，希望妳不要誤會，我只是不想被拆穿。」

「放心好了，像這樣嗎？」安安一頭栽進德意的胸膛。

「沒想到妳這麼大方。」

「演戲就要演全套的啊！」

「聽妳這麼說，我倒是放心多了。」

「別擔心，長輩要看的，是我的長相是否漂亮？身材是否適合生小孩？最重要的內涵是否合他們的要求？」

「妳倒是挺懂的，是經驗豐富嗎？」

「才不是，這是我媽幫我哥挑女朋友的條件，我相信你媽媽也差不多是這麼想的。」

「好像是這樣!？」

「就是這樣啊！」

　　快到台南市的家了，德意把車停在路旁，兩人練習了牽手、親吻臉頰，德意終於放心了，因為安安的表現很自然，完全不像是剛剛認識，遠遠看去，就像是一對真的戀人。

　　「妳的手好冰。」

　　「可能是吹太久的冷氣。」

　　「準備好了嗎？」

　　「準備什麼？」

　　「剛剛在車上說的，我要親妳的臉頰。」

　　「像這樣？」安安慢慢靠近他，然後把臉靠近他的臉，這時，她豐滿的胸部已經頂到德意的胸口，他的臉都紅了。

　　「你臉紅了。」

　　「真的嗎？」

　　「你去照照鏡子吧！」

　　「不用了，我感覺到了。」

　　「你這樣不行，會穿幫的，再來一次。」安安這次除了親他的臉頰，還在耳邊呼了一口氣。

　　「你還是太緊張，多練幾次。」

「不用了，妳不會緊張就不會穿幫了。」其實是德意的慾火被點燃了，他現在的狀況非常糟，因為他不能現在就爆發，只好盡量壓抑自己．原來，安安可以這麼輕易就挑動他的心弦，吹皺他心中那池春水。

「你還好嗎？」

「沒事，上車吧！」哪裡會沒事，德意隨時都會火山爆發，撲向安安，還好他忍住了。

伍：裝模做樣

由於提前了一天回到台南，德意決定先入住汽車旅館，一人一間房，等到年夜飯之前再回家，他們選了一間便宜的汽車旅館，離德意家只有十分鐘車程。

「明天下午再出發。」德意說。

「沒問題，晚安。」

「晚安。」

沒睡飽的安安，進了房間之後，只脫了鞋子、外套，就躺在床上呼呼大睡，當成是在自己家裡。但另一個房間的德意就不是這樣了，他還在剛剛的畫面裡，安安豐滿的胸部頂到他的胸口那一刻，他的心撲通、撲通、撲通的跳，而且越來越劇烈。

打開電視後，映入眼簾的竟然是愛情動作片，這下德意真的火山爆發，直接跑到浴室冷卻自己的情緒。

時間過得很快，安安已經在房間裡看電視好幾個小時，隨遇而安的她，對這樣的日子已經感到非常滿意，什麼事都不必做，只是腦袋空空的看著電視，一台換過一台。

「時間差不多了。」德意撥了電話。

「好，給我二十分鐘。」

「等會見。」

「嗯！」

「妳今天的樣子好清純。」德意看著安安，心裡想的不是演戲，而是能否真的跟安安談戀愛了，她的樣子真是迷人，簡直是仙女下凡。

「今天沒空化妝啊！而且長輩應該也不會喜歡我化濃妝吧！？」但安安就只是不想化妝而已。

「原來如此，還是妳想得比較周到。」

　　餐桌上，滿滿的年菜，佛跳牆、乾煎白鯧、醉蝦、滷牛肉、白斬雞、炒魷魚、沙茶豆乾，全是平常吃不到的，德意的母親特地為他準備的，德意是獨生子，其他的人還有祖父、祖母、父親、叔叔，只有安安是外人。他們家的人很熱情，因為他們全都以為安安就快跟德意結婚了，哪裡知道她只是來演演猴戲的。

　　「德意啊！跟大家介紹一下女朋友吧！」母親說。

　　「這位是林安雅小姐，大家可以叫她安安。」德意說。

　　「爺爺好、奶奶好、伯父好、伯母好、叔叔好，大家好，打擾了。」安安一一鞠躬問好，這舉動可把爺爺的心給挑動了，因為當年，他的老婆就是這樣被母親看上的，沒想到五十多年後，類似的畫面又出現了。

　　「好，好乖巧的女孩，爺爺我很喜歡。」他笑得很燦爛，時間彷彿回到當年，他和老婆都只有二十歲，那是一次相親，他一眼就喜歡上那個女孩，就是現在的老婆，安安的奶奶。

　　「別說了，菜都涼了，開動吧！」母親說。

　　「安安是哪裡人？」父親問。

　　「台中東勢。」安安說。

　　「東勢？是客家人為主的東勢嗎？」母親說。

「是的伯母。」

「聽說客家人都很勤奮。」父親說。

「是的伯父，大部份都是。」

「在哪裡高就？」父親又問。

「在工廠當作業員而已。」

「肯吃苦，不錯，真的不錯。」父親說。

「年輕人肯吃苦的不多了。」母親說。

　　他們邊吃邊聊，不過主要還是探安安的底，還有看看她的氣質如何，看樣子，她的第一關過了。年夜飯吃得差不多後，父親拿出了珍藏的 XO，每個人都倒了一小杯，接著就越喝越多，此時餐桌上就只剩安安、德意、父親、叔叔。

「我去幫忙洗碗。」安安想要起身，不過被擋了下來。

「讓妳伯母去忙就好，她啊！不喜歡別人動她的廚房。」

「真的不用嗎？伯母應該已經忙一整天了。」安安說。

「沒事的，陪伯父喝酒。」

「好吧！我敬伯父。」

「酒量不錯嘛！再喝。」於是一杯接一杯，大家的臉都紅通通的，只有安安沒變多少。

「怎樣？我的兒子還可以吧？」此時，他已經有些醉意。

「他很好，對我很好，也很紳士。」

「嗯！那我就等你們的喜事囉！」

「這要看德意的決定。」

「兒子，你自己說，什麼時候要把安安娶進門。」

「爸，婚姻是人生大事，必須從長計議。」

「真的愛她，就趕緊把她娶回家，知道嗎！」

「爸，你喝多了。」

「哪有，我的外號叫千杯不醉。」但說完他就醉了，德意跟他的叔叔把父親扶上床，然後又回到餐桌上。

「伯父還好吧？」

「我哥很好，他就是這樣，愛喝酒，酒醉後又會亂說話，希望妳不會介意。」

「伯父的酒品算很好的。」

「聽妳的意思，是遇到過那些酒品差的？」

「有些人喝醉之後，就會開始大型，你知道大型的意思嗎？」

「知道，我最討厭那樣的人。」

「叔叔，什麼是大型？」德意問。

「像隔壁老三那樣就是了。」叔叔搖搖頭說。

「我懂了。」

「還喝嗎？」安安問。

「不了，我泡點茶給妳醒酒。」叔叔說。

「好啊！我最愛喝茶了。」

　　德意的叔叔只有三十多歲，跟兩人年齡相差不多，因此可以天南地北的聊，一點都沒有代溝，但是看著貌美如花的安安，他的內心有許多不快，因為他自己也還是單身，交往的女性朋友從未超過三個月的，除了嫉妒，還有傷痕，或許是他自己的要求太高，但卻不知道自己的條件不怎麼樣，所以始終交不到女朋友，久而久之，他就開始封閉自己的心，不再對任何異性有興趣，而這隻單身狗，今年已經沒人問他那些敏感的話題了，畢竟已經十幾年了，每年都問實在是很糟。

　　過年當天，住在附近的親友，不分男女老少都跑來串門子，或是拜年，安安跟德意免不了裝模做樣一下，讓他們都知道兩人很親密。然而還有一關，是最麻煩的，就是德意的姑姑，她一向都狗眼看人低，初二回娘家時，總愛酸這酸那，常常搞得氣氛很僵，把過年的氣氛都搞壞了。

　　「德意啊！又開二手車？」她一下車就沒好話，讓迎接她的德意不知如何是好。

　　「對啊！剛買的，很好開。」

　　「再好開也是別人不要的。」

　　「……」德意不知如何接話。

　　「這位是？」姑姑問。

　　「她是安安，我的女朋友。」

　　「姑姑好。」

　　「誰是妳的姑姑？沒禮貌，叫姊姊。」

　　「是，姊姊好。」安安沒有生氣，反而笑臉回應。

　　「在哪裡工作？」

　　「工廠當作業員而已。」

「我是問妳哪一家公司？聽不懂人話嗎？」

「友達。」

「大公司，可惜這行業快不行了。」

「這幾年是比較差了。」

「聽說作業員都會亂搞，妳該不會跟她們一樣？」

「我不懂？可以請姑姑說清楚一點嗎？」

「開轟趴、集體吸煙、吸毒、多人性愛趴。」

「沒聽過耶！沒想到姊姊比我還清楚。」安安暗諷她是否自己也曾經如此。

「沒有最好，打算住幾天？」

「一個星期。」

「這麼久？不用陪妳家人過年嗎？」

「我的父親在國外工作，沒回來，母親已經走了。」

「沒有兄弟姊妹？」

「我哥哥跟女朋友去帛琉玩了。」

「這樣啊？是跟德意同房睡嗎？」

「是的，姊姊。」

「我還以為必須跟妳擠一張床呢！沒事。」

「沒事的話，我要去幫忙了。」

「這怎麼行，妳還沒過門，絕對不行，我去就行了。」

「那怎麼好意思。」

「妳真的想幫忙？」

「嗯！」

「那好吧！妳去幫忙洗菜。」

德意的姑姑支開了安安，因為她想破壞這對情侶的感情，只不過德意故意裝得很遲鈍。

「德意啊！這姑娘挺厲害的，你得小心啊！」

「小心？小心什麼？」

「伶牙利齒的，確定她只是個作業員？」

「當然啦！我常常去載她下班的。」

「這樣啊！可是我總覺得她不簡單。」

「姑姑，妳想太多了啦。」

「是嗎？她不是因為你這台賓士，以為你有錢才在一起的嗎？」

「拜託，我跟她已經認識很久，而且這台賓士才剛買的。」

「之前你開什麼車？」

「三菱啊！十幾年的破車。」

「她會要求去高級餐廳嗎？」

「去過一次而已，那次還是我要求的。」

「奇怪？難道是我的第六感錯了。」

「拜託，別再猜了，好嗎？」

「姑姑是怕你被騙。」

但這個難纏的姑姑並不死心，到了廚房仍然要找麻煩。

「菜洗完了嗎？我們家可是很注重衛生的。」

「洗了三遍，不知道是不是夠乾淨了？」安安說。

「嗯！還可以，會蒸魚嗎？」

「真抱歉，我很少下廚，不會蒸魚。」

「那妳還會什麼？」

「我說倩倩啊！安安是客人，就別為難她了。」德意的母親看不下去了。

「我哪有為難她？」

「別說了，幫我切香腸跟烏魚子吧！」

「行，這我最拿手了。」倩倩就是姑姑，她心不甘情不願地幫忙，在她的家裡，都是男人下廚，只是今年過年他的老公要出差，一個人回娘家。

陸：假戲真做

原本德意的姑姑還沒回娘家時，他把姑姑的棉被拿來給安安蓋，所以兩人的前幾晚都是各睡各的，不過今晚不一樣了，只有一條棉被，而且，就是姑姑睡前來要棉被的時候發生了大事。

「德意啊！你怎麼把我的棉被拿去蓋了？」

「因為我的棉被太小，只能我自己蓋啊！所以只好把妳的棉被給安安嘛！」

「這樣啊？那今晚就我蓋你的小棉被，你們兩個蓋我的大棉被。」

「哦！」德意心想，這下麻煩了，不知道安安會怎麼想。

「怎麼還不睡？」德意的媽媽穿著睡衣，站在他的房間門口問。

「我們在聊天。」

「聊什麼？已經快十二點了，快睡。」

事實上，是因為只有一條棉被，德意不知如何開口告訴安安實情。

「好，我們馬上睡了，晚安。」

「伯母晚安。」

於是德意的母親幫他關燈也關門。

「怎麼辦？只有一條棉被。」德意說。

「那就你睡地板啊！」安安說。

「開什麼玩笑？今晚只有十度耶。」

「那你想怎樣？」

「擠一擠啊！」

「不行。」

「我又不會對妳怎樣？」

「反正就不行。」

「不然，一人睡一半，妳睡上半夜，我睡下半夜。」

這時姑姑跑來敲門了，因為她就睡隔壁房，被兩人的聊天吵得睡不著。

「你們怎麼還不睡啊！都幾點了？」

「都是你，我先睡了。」安安說完便鑽進被窩。

「德意，你怎麼還不上床？」姑姑盯著德意。

「好，我要上床了，姑姑，幫我關門。」德意也鑽進被窩，兩人的距離是零，因為那條棉被其實也不夠大。

「晚安，姊姊。」安安說。

「晚安。」於是燈再度關上。

「我好冷。」安安說。

「我也好冷。」

「你有電暖器還是暖暖包嗎？」

「都沒有。」

「那怎麼辦？」安安已經在發抖，德意也是。

「互相取暖吧！」

「這樣我很吃虧，要多收錢。」

「行，只要不再發抖就好。」

抱了一會之後，兩人的身體都暖了，德意從安安身後抱著她，呼吸的聲音一直從安安耳邊穿過，她扭動了一下屁股，發現德意已經升旗，並隔著內褲頂著自己。

「妳別亂動嘛！」

「為什麼？」

「我快忍不住了。」

「什麼？」安安的疑問才出口，德意朝著她的耳朵開始親吻。

「你想怎樣？」

德意此時已經親吻她的臉頰，意圖已經十分明顯。

「你不要太過份喔！」

　　但德意的嘴唇已經靠上來，安安本以為自己會推開他，卻沒想到剛剛的親吻耳朵，已經燃起她的慾望，兩人的第一次接吻，竟是如此發生，而該發生的，也都發生了。

　　「你好壞，趁機佔我便宜。」安安說。

　　「妳才壞，屁股扭來扭去，哪個男人受得了？」

　　這時已經凌晨一點半，兩人赤裸的在被窩裡。

　　「我可是黃花大閨女，只跟一個男人睡過。」

　　「分手了？」

　　「跟我的閨蜜跑了。」

　　「這麼慘？」

　　「分手也好，他是個渣男。」

　　「還好我不是渣男。」

　　「還說，沒經過我的同意就親我。」

　　「我媽說過，親女生不必得到同意，要嘛成功，不然就是一巴掌而已。」

　　「看來我剛剛應該給妳一巴掌。」

「可是妳沒有。」

「我也不知道我剛剛怎麼了？」

「那就再來一次。」

「休想。」安安嘴巴說不要，但嘴角卻是上揚的。

這一次，他們是來真的，各種花樣都試了，而且時間也很久，但總有筋疲力盡的一刻。

「好喘，我要休息一下。」德意說。

「好，那睡覺吧！」

「那怎麼行，再來。」

安安沒有抵抗，眼前這個男人其實不錯，有車有房有事業，而且文質彬彬，正是自己喜歡的類型，回想起在麥當勞的初次見面，那時就已經料到自己可能會失守，只不過狀況跟自己料想的不一樣而已。那時，她是想到萬一眾人要他們當眾親吻，勢必要真槍實彈才不至於穿幫，沒想到竟然是如此的情形。

柒：分手時刻

七天總算過去，揮別了德意的家人，兩人再度坐上賓士休旅車，從台南返回台中。

「要回去了。」德意說。

「對啊！總算沒有穿幫。」

「我們還會再見面嗎？」

「我不知道！」

「難道前天晚上也是演戲？」

「不，那是生理反應而已。」

「我不信。」

「信也好，不信也好，回台中後，你賣你的車，我上我的班，記得要付錢。」

「錢，真的對妳那麼重要？」

「沒錯，我就是為了錢才跟你回家的。」

「妳一點都不喜歡我？」

「別再說了，我就是愛錢，你賣車不也一樣是為了賺錢。」

　　安安終於忍不住把父親的債務說出口，這下德意才不再追問下去，但自己的車行也需要錢來擴充，他陷入了苦思，該幫助安安？還是專注事業？

　　「我想上廁所。」安安說。

　　「我們到西螺休息站吧！」

　　德意休息片刻之後，安安卻仍在廁所，她在想，到底要逃還是上車，因為上車之後，她就再也逃不脫這個男人了。

　　「怎麼那麼久？」

　　「我肚子不舒服。」安安最後還是選擇給德意機會。

　　「要不要再去一次。」

　　「不用了，我們回台中吧！」

　　上車之後，安安不久便睡著了，等她醒來的時候，已經下了交流道，車子在五權西路上。

　　「快到了，妳說住麥當勞附近，是哪裡？」

　　「城市經典你知道嗎？」

　　「這麼巧，我也住那裡。」

　　「那我再睡幾分鐘。」安安隨即又閉上眼睛。

「到了我會叫妳。」

　　命運就是這麼捉弄人，兩人下了車，互相道別之後，竟然走到同一部電梯前。

「妳住這一棟？」

「是啊！你呢？」

「我也是。」

「你住幾樓？」

「十六樓。」

「開玩笑的吧？」安安驚訝地看著德意。

「幹嘛？我沒必要騙妳，這是鑰匙，等等我證明給妳看。」

　　兩人一起走出電梯，安安停在 32 號前面。

「我到了。」安安拿出鑰匙開門。

「我也到了。」德意打開了隔壁的門。

「你住我隔壁？」

「對啊！不過我們以前沒碰過面。」

「你住這裡多久了？」

「三年半，妳呢？」

「差不多，比你多幾個月。」

「沒想到我們就住在一牆之隔的地方，卻彼此不認識。」

「現在認識了。」

「以後可以來找妳嗎？」

「我很忙的。」

「我可以等。」

「要等很久。」

「等多久我都願意。」

「再說吧！我要趕快洗衣服了。」

「掰。」

「掰。」

　　德意遞了名片，還有尾款，兩人互相再看對方一眼，同時進入各自的家門並關上。

　　安安放下行李，看著德意的名片，她知道德意喜歡上自己了，回想起過去幾段感情，都是遇上花心渣男，或是有婦之夫，

沒有一個是好男人，但德意似乎不一樣，他這麼有錢，要泡妞應該不困難，但他竟然沒有女朋友，最重要的是當自己看著德意的時候，有一種親切、熟悉的感覺。

　　牆的另一面，德意坐在書桌前，拿起手機，看著兩人在家人面前拍的照片，安安的臉靠著他的臉，是那麼的親密，但她卻只是個陌生人，來賺錢的陌生人，她是那麼的可愛，他開始回想這一週來的事，尤其是發生關係那晚的事，他知道安安應該也是喜歡自己，否則第二次的時候，怎會那麼投入？一想到這裡，德意心中已經有了答案，先幫她解決經濟問題吧！唯有如此，她才能全心全意跟自己談一場戀愛，至於事業，可以再緩一緩，畢竟目前的二手車市非常低迷，能維持目前的規模就很不錯了。

捌：夢醒時分

　　當晚，兩人都夢見了對方，德意的夢比較簡單，就是春夢，他現在滿腦子都是安安，有這樣的夢再正常不過了，當他醒來的時候，是凌晨三點半，一輛救護車停在樓下的聲音吵醒了他。

　　「原來是夢，害我空歡喜一場。」德意自言自語道。接著他起身拿起手機，又把那張照片拿出來看了又看。

安安的夢比較特別，但卻是她潛意識裡的欲望：結婚，她身穿白色婚紗，在一望無際的綠色草原上，湛藍的天空沒有任何的雲，德意開著那部賓士休旅車從遠方駛來，接著兩人手牽手在草原上漫步，突然間，下起傾盆大雨，兩人一身濕，往車子方向跑去，但車子竟然被雷擊中，這時安安醒了，叮咚叮咚！門鈴響個不停？不，其實德意只按了兩下。

「誰啊？從來沒人會按門鈴的。」安安也自言自語，穿著睡衣就走到門口，從小圓孔往外看，是德意，她直接開門，用手指示意他進門。

「有什麼事嗎？我還很想睡。」

「我有件大事要跟妳說。」

「請坐，說吧！」

「……」德意坐下後卻說不出口，盯著安安看。

「有話快說，我還很睏。」安安真的還很想睡，脾氣有點差，因為她只睡了一會。

「我想，我可以幫妳解決錢的問題，但妳願意給我機會，跟妳真正的談戀愛嗎？」

「你再說一遍？我沒聽清楚。」

「我說，我可以幫妳解決錢的問題，但妳願意真正的跟我談戀愛嗎？」

「一百多萬喔！你真的拿得出來嗎？」

「為了表示我的誠意，等一下我們就去銀行。」

「真的嗎？」安安似乎不太相信德意的話。

「當然是真的，沒必要騙你，第一眼看到妳，我就喜歡上妳了。」

「別說了。」安安慢慢靠近德意，用右手食指輕輕壓著他的嘴唇，接著親吻他的耳朵，接下來的事，就很容易理解了，這是他們談戀愛前發生的，有點冒險，有點魯莽。兩人激情之後，德意依約到銀行，把安安的大問題給解決了。

「我履行我的諾言了，那妳呢？」賓士車上，德意看著安安問了一個笨問題。　　.

「你很蠢耶！剛剛在我那裡，你不是已經得到答案了。」

「那我們要去哪裡？」

「你是男人，男人要有主見一點，你想去哪裡？我們就去哪裡，只要不是我討厭的地方都行。」

「看電影？」

「不要，最近沒有好看的。」

「我知道有個地方。」

「不要說是哪裡，直接去吧！」

　　新社雙翠湖畔，沒有任何遊客，入水口處有兩個當地人在那裡垂釣，湖面上幾隻水鳥。

「喜歡嗎？」

「很寧靜的感覺，我喜歡。」

「就是範圍小了一點。」

「不，這樣就夠了，你看，對面的落羽松好漂亮。」

「那間餐廳剛開不久，我也還沒去過，要坐坐嗎？」

「不了，我想去看看櫻花。」

「也是要人少的地方？」

「當然，人多就掃興了。」

「好，那我們走吧！」

　　他們去了玉山香菇行附近那片櫻花林，完全沒有遊客，雖然一直有車經過，但兩人坐在櫻花樹下聊了許久。

　　「婚禮要什麼時候舉行？」三個多月後的某天，就在雙翠湖旁那間餐廳裡，德意拿出鑽戒求婚，也得到了答案，安安問。

　　「妳說呢？」

　　「我想，我們都不年輕了，越快越好。」

　　「好，我們挑一個好日子。」

　　「你做主就好。」

　　愛情很奇妙，在錯的時間遇到對的人，只會讓你痛苦，在錯的時間遇到錯的人，會讓你非常痛苦，在對的時間遇到錯的人，還是痛苦，唯有在對的時間遇到對的人，才有可能讓故事圓滿，安安跟德意就屬於這種，不是嗎！

巴士與戀愛

作者：語雨

3-1

　　360 號巴士特有的煞車聲響起，排隊上車，選了靠窗的位子坐下，像是往常一樣攤開讀物。

　　盡管父母告誡過許多次，在車上看書不可取，但巴士上無事可作，而我唯一的嗜好是看書，所以明知道不好，閒不下來的我仍然經不起誘惑。

　　看了一會兒書，眼睛覺得疲憊，此時學校已經近了，我索性將書收進書包，觀看外頭風景。

　　再過兩個紅綠燈就到學校前的車站了，這時我注意到窗外一位騎著紅色單車的女學生追了上來，涼風吹得她髮絲紛飛，馬尾不停擺動，見追上了巴士，她露出十分開心的笑容，隱約還看見小顆的虎牙，然後她加緊腳力，終於追過了巴士。

　　「呀……呼!」

　　馬尾女孩發出歡呼，雙手放開手把讓單車向前，秀了一下放手騎單車的特技，站在校門的老師見狀，臉色大變地喝叱，急忙上前阻攔。

　　看見這幕滑稽的場景，我忍不住笑了出來，就在那一瞬間，與她的目光接觸了，馬尾女孩見我咧嘴直笑，瞪了我一眼，重新握回手把，也不管在身後呼喝的師長，逕自騎單車進校門。

＊＊

　　「早上那件事我聽說了，你的夢中情人叫做羅玉婷，是體育特招生中的明日之星，在國中時代就很出名。」

　　「什麼夢中情人？就會瞎說。」

　　中午在學校餐廳吃飯時，跟ㄚ元提到這件事，ㄚ元興高采烈地跟我說了。

　　ㄚ元是我在這所高中極為少數的珍貴友人，他不高不矮，不胖不瘦，臉上有幾顆雀斑，長得普普通通，但是個性隨和，跟誰都沒距離，遇見師長也能說笑幾句，不知為何卻跟我最好。

　　「嘿，小擇對誰都冷淡，跟女生出去玩，話都沒有聽你多說，結果今天竟然從口中出現別的女生，你可別說不在意。」

　　「你還說！上次你騙我去聯誼，我都還沒算帳。」

　　上次這小子說要開讀書會，我心想ㄚ元終於有心要讀書了，挑了幾本入門的參考書去赴約，沒想到竟然是個聯誼會。

　　一票女生圍著我們唱歌，拿著參考書的我在當中坐也不是站也不是，女生們和丫元又不肯讓我走，真是尷尬無比

　　想到這裡，我又惱怒起來，惡狠狠地瞪他一眼。

　　「你成天看書，偶爾才出去玩玩有什麼要緊，那天你很受歡迎，這都不高興，你到底是不是高中男生？」

　　嘻皮笑臉的丫元伸手拍拍我的肩膀，笑說：「莫非你喜歡男生……這不得了，我還以為我們只是朋友……抱歉，你是個好人，不過——」

　　「你去死啦！」

　　我把手中的筷子用力丟在丫元臉上。

　　那天放學後，我照例往圖書館跑，忽然撇見圖書館旁的操場有體育社團活動，不知為何，腳步就向司令台走了過去。

　　坐在司令台前整座操場一覽無遺，籃球隊正在籃球場組隊練習，隔壁的排球場打得正熱烈，再下去是網球場，學生們正在練習揮空拍，吆喝聲不止，跑道那兒，田徑隊正在練接力賽，一個個都跑得飛快，邊緣還有人在練習擲鉛球和跳遠。

　　平時對這些體育活動從不感興趣，今日我到底是怎麼了，怎麼會有興致坐在這裡看？

　　目光轉向田徑隊，我轉眼就在跑道盡頭處發現那頭飄啊飄的馬尾，正在做熱身運動的女生正是丫元口中體育特招生之星——羅玉婷同學。

　　在旁也是田徑社的女隊員，只見那女隊員一面伸懶腰，一面靠近她耳邊說了幾句，羅玉婷便笑嘻嘻的追打她。

　　這時一名身材高大肥胖的男教練喝叱幾句，羅玉婷和另一名女隊員不再嬉鬧，轉而走向跑道，用預備姿勢站著。

　　男教練站在旁邊，高舉右手，隨著哨響聲一起，兩名田徑隊員刷地飛奔出去，只見羅玉婷雙手有力地擺動，長腿每一步都跨得老遠，飛快就通過司令台前。

　　我從來沒有就近看體運選手賽事，當下只覺得那跑步樣子真美啊……我不禁看呆了。

　　像是飛一樣的兩人跑過半個操場，由羅玉婷領先，另一名女社員緊緊跟在身後，始終差了半步，就這樣維持名次，通過了終點。

　　就我這個外人看來令人驚嘆的一次練習，那位男教練卻顯得很不滿意，把羅玉婷叫過來，疾言厲色的說了幾句，羅玉婷邊聽邊點頭，等到教練說完後，又走到跑道起點站住，展開下一次練習。

　　回過神來，校鐘已經響過兩次，我看了手錶，不禁覺得懊惱，不知不覺竟然將原本看書的時間虛耗光了，我到底在幹嘛啊？

　　在操場活動的社團大多數已經開始收拾，我嘆了一口氣，轉身離開。

＊＊

　　第二天，跟著乘客一起走上 360 號巴士，車上空位很多，本來想隨便坐，一轉念，又坐在昨天的位子上。

　　從書包拿出讀物，翻了幾頁，一行都沒有進入腦袋，只好闔上書本，看向窗外的景色。

　　就在巴士離學校只剩兩個紅綠燈時，我又見羅玉婷踩著踏板從後頭出現，馬尾輕飄飄地晃動，在微微勾起的嘴角下露出小虎牙，只見紅色單車奮起直追，追過巴士後，她轉頭向巴士做出了鬼臉，就直接進校門了。

　　看著那一撮馬尾消失在校門，我惘然若失，直到下了巴士，那畫面還在腦海轉。

　　她看起來真開心呢，騎單車真的這樣快樂嗎？

「喂，你真的愛上人家了，昨天還特地跑到操場去看到社團活動結束，我聽到很多女生在討論呢。」

今天有家裡準備的便當，想享受獨處的時光，於是我在中庭找個地方吃飯，沒想到才吃不到幾口，丫元就帶著討人厭的笑容擠過來。

「你真閒耶，竟然去探聽我的事。」

「別生氣嘛，今天學校那群女生猛問我，我就是不想知道也沒辦法，放心吧，我沒說羅玉婷的事。」

我聽了他的話，臉色稍微平和一點，又板起臉說：「這跟羅玉婷沒關係。」

丫元撇撇嘴，滿臉不相信，我不再理會他，逕自拿起筷子夾了炸雞吃。

「那麼事實上究竟什麼？好歹我也算你朋友，那些女生一直吵著鬱鬱的貴公子怎麼了，我要怎找藉口去搪塞？」

「噗……咳、咳咳！你說……咳……什麼？咳！什麼貴公子？」

這一驚非同小可，我一口炸雞噴出，嗆得肺都要咳出來了。

「鬱之貴公子啊，那是那些女同學給你取的綽號⋯⋯你長得不錯，頭腦又好，但是總是一臉憂鬱，有種難以接近的氣質，嘆一口氣就迷倒了多少迷妹，那些女同學總是去圖書館欣賞貴公子看書的身影呢。」

笑嘻嘻的丫元邊說邊輕撫著我的背，我一面咳嗽一面心想這真是太可怕了，我只不過是社交障礙而已，竟然說是什麼鬱鬱的貴公子，被這樣形容，我才覺得憂鬱。

丫元笑了笑，不再追問我的想法，又開口說：「嗯⋯⋯田徑隊的隊員我認識好幾位，如果你想接近羅玉婷的話，我可以安排。」

「丫元，我要生氣了，別以為每個人都像你一樣，看見女的就想交往。」

見我臉色不好看，丫元嘻皮笑臉的又轉幾個話題，午餐時間就結束了。

放學鐘聲響起，我走出校舍，心想期中考將至，正打算在圖書館好好用功。

那些女同學總是去圖書館欣賞貴公子看書的身影呢。

丫元中午那些話又在腦海迴盪，我忍不住厭惡的情緒。

「嗶」地長哨響起，從操場傳來，我猶豫一會兒，轉身又往操場走過去。

坐在司令台上，只見數十名田徑社員正繞著操場跑動，排得整整齊齊的，我一眼就看見了那飄啊飄的馬尾，羅玉婷就排在隊伍最末端跑著，排在旁邊的女隊員一面跑步一面說笑，大概被取笑什麼，羅玉婷紅紅的臉頰鼓起來，伸手去戳對方的側腰，女隊員加快腳步跑到隊伍前面，其他隊員也跟著笑出聲音，站在操場前的教練高聲喝叱幾句，羅玉婷伸伸舌頭，與隊員們齊聲吆喝，邁步向前。

看起來真開心，田徑隊員的感情還真好，哪像我……說得上朋友的人只有丫元而已。

羅玉婷擅長運動又有人緣，和我是處於兩個世界的人，想到這裡，胸口傳來一陣刺痛。

****

早上，走進360號巴士，不自覺坐在了老地方，從那天開始就習慣坐在這裡，也不再攤開書本，而是一心一意望著窗外的光景。

離學校只有倒數兩個紅綠燈的距離時，紅色單車會從巴士後頭出現，隨著馬尾加速飄盪，羅玉婷用著歡快的笑容對巴士

急起直追，過不了三十秒就會超過巴士，之後，羅玉婷會轉頭朝著 360 號巴士裝個鬼臉或者揮手，接著就消失在校門口。

她的笑容到底對著誰擺出？

巴士上有誰是她認識的人？

當看見巴士上那些好事者也朝著羅玉婷揮手時，我不禁感到妒忌。

「你戀愛了。」

「不，我才沒有。」

「你煞到她的回眸一笑。」

「開什麼玩笑。」

「你為什麼這麼固執？」

「才不是固執。」

每日午休時，丫元總對我追問，有時候我乾脆就躲起來，躲避窮追不捨的追問。

放學後，我不再前往圖書館，而是坐在司令台前方，看著體育社團在活動，大概是看太久了，還有老師問我要不要加入社團。

　　嗯，當初丫元邀請我去打網球時，我以貧瘠的身體活動三分鐘後就倒下了，還被嘲笑是現實版的超人力霸王。

　　當時我還心想超人力霸王到底是什麼人？以虛弱超人為主題的動畫或電影嗎？

　　這也太奇葩了吧，這樣會有票房嗎？

　　總之，我沒加入社團，只是一日復一日在司令台觀看社團活動。

　　「你真的戀愛了。」

　　「不，我真的沒有。」

　　「那就是真的變成跟蹤狂了。」

　　「才沒有跟蹤！」

　　「噹噹，小擇提昇跟蹤狂等級，變成哥布林跟蹤狂。」

　　「那是什麼玩意？」

　　「等到三十歲就會進化成滾刀哥布林和薩滿哥布林，那時候就可以使用魔法了。」

　　「跟蹤狂哪裡去了！」

　　丫元還是沒有死心，非得讓我承認喜歡羅玉婷，每次都追在我身後，不論躲在哪裡都會被他發現，他才是跟蹤狂對吧。

　　「雷學長，請問你真的有喜歡的人了嗎？」

　　一日，又在走廊跟丫元玩你追我走時，兩位學妹攔在我面前，一臉好奇又緊張的問我，當下我仰天搗住眼睛。

　　「沒有。」我直接否認。

　　「為什麼要隱瞞？學長老是坐在司令台那邊看，是因為喜歡的人就在田徑社吧？」

　　「在司令台憂鬱的學長也很迷人，但是我們一定要問清楚那個人是誰？到底配不配得上學長？這樣我們才可以死心。」

　　原來如此，她們就是把我稱呼什麼的鬱鬱公子那群失禮女生吧？

　　什麼鬱鬱嘛……我就偏偏笑給她們看。

　　於是我和顏悅色的笑說：「真的沒有，因為我沒體力，又羨慕那些體育社團的人，所以才會心想看看也好。」

　　那兩個女生像是沒有聽到我回答，用震驚又臉紅心跳的表情瞪著我看，其中一名用昏眩的神色退後幾步，呢喃道：「啊

啊～～貴公子的微笑～～」另一名女同學趕忙扶住她的腰，顫聲說：「小琪，不要倒下，昏倒就太可惜了。」

她們兩個沒問題吧？

正當我莫名其妙時，丫元已經躺在地上一面咳嗽一面狂笑，笑到眼淚都掉出來了，我覺得很不爽，用力踹了他屁股一腳。

3-2

在 360 號巴士上等著那輛紅色單車追上來，看著羅玉婷揮揮手做個鬼臉，有時看她傻呼呼發愣，差點撞上電線桿而驚呼，放課後就坐在操場的司令台，欣賞她在操場上精力四射、神采飛昂的身影。

騎單車時竊笑或傻笑，練習時神色凜然認真，羅玉婷的表情千變萬化，怎麼看也看不膩。

但是在期中考期間，社團活動暫停了，不論是在巴士或操場都見不到她的身影，我不禁覺得像是少了什麼似的，第一次覺得討厭考試。

「你戀愛了。」

「不，我沒有。」

丫元實在太纏人了，我放棄跑給他追，除了那兩名學妹外，陸續都有幾名女學生上來追問。

大家未免太閒了吧？

不知不覺，三天的考試一下子就過去了，數學我第一次沒考滿分，只不過錯了一題就聽說導師辦公室掀起一陣風暴，真是莫名其妙。

大概是煩心的事情太多了，在期中考過後我就發燒、感冒了，去了診所，被診斷是流感，躺在家裡足足睡了一整個星期。

星期一早晨我上了 360 號巴士，坐在老位子上，等啊等啊，直到巴士到了校門前的車站，我卻始終沒有見到那熟悉的紅色單車追上來。

從此以後，我再也沒在 360 號巴士上看到羅玉婷的身影了。

心頭焦急慌亂，連上課也沒聽進去幾句，中午抵擋了一波問勢，好不容易挨到放學，快步走向操場司令台，看見那一抹熟悉的身影，我鬆了一口氣，但心頭也浮現疑問，為什麼羅玉婷換個時間上學了？

胡思亂想之下，我忽然心頭一涼，難道羅玉婷知道我在巴士上看她，覺得噁心，所以換個時間通車了？

隨即又搖頭否認，我每次都故意不與羅玉婷的眼神交會，在司令台看社團活動時，目光也不是總停在她身上，羅玉婷恐怕連我是誰都不知道……

莫非……ㄚ元向田徑社的朋友說了什麼？

不會的，ㄚ元看似輕浮，不過重義氣，嘴巴牢靠，若不是，我也不會跟他交朋友。

自問自答，胡思亂想一會兒，我忽然覺得害怕起來，當下頭也不回的離開操場，只是心想以後再也見不到她騎著單車的身影了嗎？

次日通學時，獨有的煞車聲在車站響起，眼見 360 號巴士在面前停止，我這一步無論如何都跨不上去，旁邊的乘客看得莫名其妙，逕自從身旁擠過去，直到巴士離開為止，我只是呆呆站著。

對了，羅玉婷沒跟著 360 號巴士走，說不定會跟著下一輛巴士。

等到下一班 590 號巴士到車站時，我連忙跨了上去，結果又失望了。

那一天待在學校，整天心神不寧，不論上下課老師同學問些什麼我都沒在意，好在大家當我大病初癒，也沒有追問。

　　當天回家左思右想，隨即浮現一個念頭，不是 360 號的下一班巴士，難道是上一班巴士嗎？

　　於是當天起了個大早，特地搭了早一班的 360 號巴士，在老位子上站也不是，坐也不是，不斷向後頭張望，直到巴士到站後，還是沒有見到她的身影。

　　「笨耶，以為換個時間通車就行了嗎？羅玉婷高興什麼時候騎到學校就什麼時候，又不一定總是跟著巴士跑，你真的是全校第一秀才嗎？成績排在你後面的同學看你笨成這樣，輸給這種人，氣也氣死了。」

　　中午吃飯時，我垂頭喪氣的聽著丫元指責，接著他一如往常般丟出問句：「小擇，你戀愛了。」

　　「是啊，你說的沒錯。」

　　我與他對視良久，終於點頭承認。

　　既然承認了，那就去告白吧。

　　丫元說是個壞主意，先通過他讓我跟羅玉婷認識，出去玩幾遍再告白，羅玉婷不知道我這個人，十之八九被拒絕的可能性比較大。

　　看丫元擔心的模樣，心想他果然是我的好朋友。

　　其實就算認識了，羅玉婷跟我也沒機會，她活潑逗趣，人緣極佳，又擅長運動，跟我是兩個世界的人。

　　我是為了告知我的感情，然後被甩才去告白的。

　　想通了這點，我不再心煩意亂，暢快許多，當日放學後，往操場看了一下，看到熟悉的身影後就直接回家了。

　　要告白也不能在大家面前，會造成她的困擾。

　　隔天我起了個大早，牽著家中的單車，算好時間就往學校騎去，心想田徑社在早晨晨練，這時間路上比較沒有學生，我要在這時段告白。

　　只是沒想到騎到一半，我就在對面發現羅玉婷的身影了，此時她並沒有騎在單車上，只是牽著單車緩緩而行。

　　我心頭緊張的直跳，不過在下一刻，發現了羅玉婷圓圓的眼睛通紅，晶瑩淚水從臉頰滑下，惹人心憐的嗚咽出聲。

　　當下告白已經不是最重要的事，我牽著單車過了馬路，來到羅玉婷前面……

****

　　田徑隊的活動總是很早，練田徑從國小到現在也已經五年左右，早起不是問題，問題是早起之後又倒回去睡了。

「羅玉婷！妳又遲到了。」

騎著我心愛的單車奮力踩到學校，青蛙教練當面又是一陣蛙吼。

陳教練身子很高很長，眼睛分得很開，肚子很凸，舌頭很長，我們當面尊稱他陳老師，背後叫他陳青蛙。

明明是青蛙，不去池塘呱呱叫，卻成天對學生伸著蛙舌，蛙牙都看見了，你牙齒又不白，難看死了。

「學校對你抱著很大期望，妳卻這麼不自愛！」

敷衍幾句，我就去更衣室換了衣服。

「玉婷，你早上又起不來了嗎？」

「學姐，我起得來，只不過會睡回去而已。」

換完衣服後，在操場做熱身運動，一位學姐笑著搭話。

學姐姓譚，是高個子，身材很壯碩，擅長項目是鉛球和鐵餅，個性十分溫和，也愛照顧人，很受學弟妹愛戴，入社時我也受了不少關照。

「傻孩子，那才不叫起得來。」

「好痛！」

　　譚學姐伸指一彈，彈了我的額頭，雖然不怎麼痛，但我還是喊疼，我喜歡和學姐這麼互動。

　　「啊啊，小婷來得好晚，一日沒有跟小婷抱抱，今天的早晨就無法開始。」

　　腰間一緊，被一位嬌小同學抱住，只見她手越來越不規矩，往上朝著我胸口抓去，我的手肘朝下一撞，屁股一扭，撞開那隻女色狼。

　　「好痛啊～～小婷欺負人～～」

　　那名嬌小隊員肌膚曬成小麥色，圓滾滾的雙眼眨啊眨，抱著自己手臂不住呻吟，臉色卻不怎麼顯得痛楚。

　　這名田徑隊員叫做曾淑語，是一名喜歡肢體接觸的隊員，由於嬌小可愛、性格討喜，學長姐都很疼愛她，與其他同年隊員也都交好，誰都不會討厭她，擅長的項目是跳高和跳遠。

　　「誰叫你手這麼猥褻，還不快點起來，賴到地上難看死了。」

　　「小婷不拉我，我就不起來。」

　　我嘻嘻一笑，伸手抓住淑語的手臂，她起身順手往我腋下搔癢癢，我趕忙夾住對方的手。

　　見淑語頑皮，譚學姐說了幾句，淑語格格直笑，毫不以為意，正在說笑間，外面的青蛙教練已經在呱呱催促了，當下與換好衣服的隊員離開更衣室。

　　早晨的練習開始了，首先要熱身運動，大家排起隊伍繞著操場慢跑，殿後的隊員要急起直追，超越到最前排，下一排再依序超越。

　　繞跑多久要看教練心情，根據青蛙教練說法是訓練耐心，全田徑隊都討厭這種訓練，把這種熱身方式叫做地獄繞跑。

　　「小婷今天又遲到了，惹個青蛙呱呱亂叫，早上就是起不來嗎？」

　　「沒辦法，又沒男朋友給我 Morning Call，早上來幾句甜言蜜語的，說不定我就起來了。」

　　跟我講話的是田學長，這位田學長才剛交上女朋友，有時會聽他炫耀，於是我取笑了幾句，田學長也不介意，哈哈大笑，加緊腳步，跟我一起超越前排隊伍，表情游刃有餘。

　　學長已經高三了，這種訓練早就習慣，人人叫苦的地獄繞跑，三年級生每個人都應付得了。

「小婷，你是我們田徑隊的明日之星，這兩年我們跑步項目被 A 高工壓得有夠嗆的，全靠你揚眉吐氣，臭青蛙也將希望寄放在你身上。」

「我才不稀罕青蛙的期盼，聽起來黏黏的，有夠噁。」

幾名隊員和田學長一聽，忍不住笑出聲音。

我擅長跑步，不論是長跑還是短跑，跑得比任何人都快，即使如此，比起跑步，我還比較喜歡單車，當初我為什麼不加入單車社，可惜我們學校也沒有單車社。

嗶——！

哨子聲響起，青蛙教練在後面喝叱，罵我們不專心在跑步上面，幾個社員神色一凜，整列隊伍霎時開始加快速度。

雖然遲到的事可以說笑，不過老是聽青蛙呱呱叫也不怎麼好受，如果騎單車可以開啟手機地圖，讓 APP 告訴我還有幾分鐘到校，那就方便多了，可惜學校不准使用手機，雖然大家暗地使用，不過田徑隊對此非常嚴格。

放學後，又到社團活動時間了，我一面做著伸展操，還在左思右想，譚學姐見我嘟噥個不停，拍拍我的腦袋瓜，要我專心一點。

「原來是這樣，那追著巴士跑就好了。」

「什麼？為什麼？那是什麼？」

做完熱身操，我說了煩惱，譚學姐給出奇妙的建議。

看見我摸不頭緒的模樣，譚學姐似乎覺得我很有趣，伸手搓亂我的頭髮，說：「從你家到學校，在固定時間出現的東西大概就是巴士了，你只要確認自己比哪一輛巴士還要慢就代表晨練遲到就好了。」

「原來是這樣啊，學姐有時候還蠻聰明的。」

「討打嗎？」

「哎呀！好痛。」

譚學姐伸指往我額頭一彈，我假意摀著額頭喊疼，進行一貫的互動。

那天社團活動結束後，我特地去看校門前的巴士站站牌，發現 360 號巴士離時間最接近，我只要不比那班慢就可以趕上晨練了。

第二天。

勉強踩在時間線出門，單車一路往前騎，繞過轉角，終於看見白色的巴士就在前頭，360 號碼掛在車尾，當下我奮力踩著踏板，只見車尾越來越近，下一刻，單車就超越巴士了。

「呀呼——」

大概是超越巴士太興奮了，我忍不住歡呼，接下來雙手放開，讓單車繼續向前，站在校門的老師當場喝斥起來。

就在這時，我與巴士上一位男學生目光相交，他看起來一副吃驚的模樣，直直瞪著我看。

竟、竟然目不轉睛的盯著美少女張大嘴巴的樣子，這人真是沒禮貌，我頓時覺得害羞起來，回瞪了他一眼，單車直接騎到停車棚去。

光想著那名男生，感覺心慌意亂，卻沒注意到老師在背後怒吼，下場是一出停車棚，就被訓導主任抓到辦公室去訓斥了一個小時，結果今天的晨練還是大遲到，應該說是缺席，下午社團活動時，確定青蛙老師又會嘮叨說教，真是太讓人憂鬱了……都是那名男生害的。

果不其然，下午進行社團活動時，青蛙教練當頭就對我呱呱亂叫，我敷衍幾句，開始做伸展運動，熱身完後，接著要練習四百公尺。

3-3

「今天大青蛙很熱情的盯著你呢。」

「學姐別多看，不然會被抓去吃掉。」

另外一位姓何的學姐要跟我一起跑，大名叫作佩欣，跟我一樣是練短跑項目，最近成績有點下降，所以青蛙教練總要何學姐跟我跑，希望我可以刺激她。何學姐目光朝向司令台，忽然一愣，脫口而出：「哎呀，今天有新觀眾……這不是學校的秀才貴公子嗎？」

「什麼？誰啊？竟然被取這麼丟臉的綽號！」

我忙轉頭一看，想看到底是何方神聖，這一看之下，不由得驚呼：「啊，他就是早上在巴士內的失禮男生。」

「哎呀，嘻嘻，你說早上那件事啊？我聽小田說過了，說不定貴公子是來參觀妳的，畢竟你很奇葩嘛。」

何學姐一面伸懶腰，一面在我耳邊悄悄話，我聽了很不滿，默默攻擊學姐的腋下。

「你們還玩！比賽就要到了，給我專心練習。」

青蛙教練又在咯咯亂叫，我跟學姐在跑道起點擺好預備姿勢，「嗶」地長哨聲響起，兩個人一起衝出去，坐在司令台的側影一閃而過，不知道為何，我不禁分心，腳步有點亂。

「羅玉婷，妳跑步到底在想什麼？早上不但遲到下午還不專心，你究竟有沒有心要練習⋯⋯磯哩呱啦⋯⋯磯哩呱啦！」

青蛙教練煩歸煩，眼睛還是很利，看得出我跑步分心，既然如此，為什麼看不出你在說教我也會不專心。

好煩啊，既然要我努力練習，還嘮叨不停，時間都被佔用了。

好不容易放過我，我再次回到跑道起點，那失禮男生還是坐在司令台，不知道為何，學姐的話一直在我心中重複，那天無論如何都集中不了心神，挨了好幾次青蛙說教，而那位失禮男生待在司令台一直到社團活動結束。

社團活動結束後，我牽著單車，大家一起說說笑笑的回家，淑語還興奮地討論今天的新觀眾，這時我才知道他是全校最出名的男生，名字叫做雷天擇。

聽說雷天擇是創校以來，第一次以全科滿分的成績錄取，而且入學以來，他從來沒有考過滿分以外的分數，聽得我一愣一愣的。

不但頭腦傑出、外貌清秀外，最重要的就是本人還散發出讓人不好靠近的鬱鬱氣息，讓女粉絲為之瘋狂，只敢遠遠欣賞。

女粉絲還決議，只能對這位貴公子遠遠欣賞，萬萬不可冒犯。

我聽到這裡，實在忍不住大笑了，惹得淑語追著我打。

沒想到那種像是少女漫畫般的帥哥角色竟然在現實也存在，心中只有個印象，聽起來跟我是兩個世界的人，今後大概也不會有所交集吧。

隔天清晨，踩上心愛的單車一路迎風飛行，正暢快間，又看見 360 號巴士在前，當下用力踩踏板，一下子就與巴士並行了，抬頭一望，發現那名男生又坐在同一位子上。

哼哼，這位小哥只不過頭腦聰明，臉長得不錯，就自以為是天選之人，還要別人叫自己什麼貴公子的，真是丟臉丟到墨西哥去了。

優等生又怎麼樣？

我奮力超越巴士，超車的一瞬間感覺十分痛快，轉頭朝著雷天擇做了鬼臉，拐個彎進入校門。

「小婷，心情怎麼這麼好？總算不再遲到挨罵了？」

「哼哼，今天我超越了巴士，明天我也要贏過巴士。」

在更衣室中，看我哼著歌換衣服，何學姐丟出好奇的問句，可是聽見我的回答，更是一副莫名其妙的表情。

愉快的度過晨練，中午跟淑語一起到學校餐廳吃飯，沒想到就看見那名優等生在中庭獨自一個人吃便當。

「啊啊，是貴公子，一個人吃飯的樣子也好鬱鬱，真是養眼的畫面。」

「不要再講白痴話了，趕快進去搶位子吧。」

淑語一臉陶醉的耍花痴，因為實在太擋路了，我只好拉著她進餐廳。

孤高的貴公子？哼哼，在我看來只不過是孤僻的人罷了。

下午的課結束很快，又到社團活動時間了，當我換完衣服，出了更衣室時，一看司令台，發現雷天擇竟然又坐在那裡了。

「譚學姐，你看你看，貴公子又來看我們了。」

「那帥哥又來做什麼，幹嘛不去他的圖書館鬱鬱？」

淑語拉著譚學姐興奮地亂叫，田學長聲音聽起來很兇，昨天聊天時還宣告所有的帥哥都是敵人，真是個身體力行的男子漢。

不過臭優等生該不會真的來看我……吧？

我只不過做個鬼臉而已。

不會的，傻瓜，人家連妳是誰都不知道，只不過是心血來潮罷了。

雖然裝作不在意，我還是開始胡思亂想，怎麼都無法專心在跑步上，挨了青蛙教練好幾次罵。

啊啊！真是的·臭優等生！都是他害的·淨是給我找麻煩。

本以為優等生只是心血來潮，沒想到第三天、第四天，接下來的一段日子中，只要有田徑社團練，他就不會缺席。

臭優等生坐在司令台上，不遠處是迷妹們吱吱喳喳的聲音，而在操場的我們進行田徑練習，這還真是一副詭異的光景。

從那天起，騎著單車通學時也多了幾分樂趣，以單車追逐著巴士，最後奮力超車的那一瞬間，感覺十分過癮，總讓人呵呵的竊笑不止。

不過下一刻又看見臭優等生在老位子上時，滿足感就會大減，於是我經常朝著優等生做鬼臉，以發洩心頭的不滿。

有一次我朝著巴士揮手，優等生瞪大眼睛，竟然滿臉通紅的轉過頭。

喔喔，這反應好有趣，根本不是鬱鬱的貴公子，而是純情的少年郎，沒想到平凡的我竟然可以讓這位孤僻小哥臉紅。

一想到此，我更加期待越過巴士時，優等生對我舉動做出的反應。

或用力揮手，或做個鬼臉，每日超車都是如此，有時在巴士上的學生也會向我揮手，不過優等生總是在這時故意撇過臉去。

太明顯了，這位小哥真是太可愛了，戲弄他真是有趣！

某日早晨，我騎著單車，回頭做出鬼臉，轉回去時赫然發現電線桿竟然在正前方，還好我反應快，忙轉過龍頭避開後，又看巴士一眼，那個優等生竟然轉過頭，肩膀不停抖動。

被嘲笑了！

哎呀呀，失敗，太失敗了！

紳士應該對美少女的過失當作看不見才對，要笑也要在我看不見的地方笑，臭優等生！

就在我惱羞成怒的進入更衣室時，發現淑語好像枯萎的蔬菜一樣倒在地板上，臉色了無生趣，我一不小心還踩中她的肚子。

「嗚嗚，小婷，小婷啊啊！」

「幹、幹什麼啦？好嚇人，好恐怖！」

淑語好像捕蠅草般迅速閉合，一把抓住我的大腿，嚇得我雞皮疙瘩冒出一大堆。

「公子有喜歡的人了，我以後還要靠什麼活？」

「妳到底在說什麼？」

「妳還沒聽見嗎？大家都在傳言公子有喜歡的人了……而那個人就在田徑社！」

「欸？喜、喜歡的人……就、就在田徑社？」我呆呆的重複。

「你……你們幹什麼？」

這時譚學姐從門口走進來，一看見淑語淚溼我的大腿，不禁詫異地發問。

「學姐聽我說啦……」

淑語轉而譚學姐哭訴，譚學姐的表情困惑大過於困擾，只好露出奇妙的神色邊安慰她。

優等生喜歡的人就在田徑社……在田徑社……

　　感覺淑語哭訴聲從好遠好遠的地方傳過來，我的心頭開始怦怦亂跳，跳到胸口也疼了起來，於是那天晨練又挨了青蛙教練好幾次罵。

　　放學後的社團活動時，那臭優等生還是坐在司令台上，用淡淡的目光看我們練習，根本不知道他在想什麼。

　　啊啊！真是氣死了！我幹嘛非得要為你這麼煩惱不可？

　　之後的幾天，淑語一直在報告最新情況，好多個迷妹大著膽子去問貴公子，得到的答案皆是否定，不知為何，淑語卻更加肯定優等生一定有喜歡的人了。

　　在各種流言到處傳播中，期中考也越來越近了，在考前一個禮拜，田徑社暫停活動了，不論晨練還是放學後的團練一概停止。

　　不知為何，考試期間，也沒在校園中見到他的身影，我不禁有點寂寞。

　　很快的，期中考結束了，田徑隊的晨練又重新開始，那一天我起了個大早，騎上單車，結果竟然比 360 號巴士還早出現在那個路口。

　　啊～啊～幹嘛這麼興奮……胸口一下甜滋滋的，又一下子發悶發痛，為什麼會為了一個臭小子心神不定，感覺好像輸了什麼……

　　不承認！我不承認啊。

　　就在單車停在路口，我胡亂敲著腦袋瓜時，360 號巴士經過我的面前，可是不管我一再張望，卻沒在巴士上發現那名男生的蹤影。

　　「啊～啊～公子他感冒了，因為苦苦思念著伊人終於病倒了，多麼令人心酸，太可憐了，不過因為苦戀而病倒的貴公子是多麼迷人……」

　　就當我失魂落魄的走進更衣室時，聽見淑語正在嚷嚷。

　　不會吧，竟然在考試後就感冒了，那傢伙身體到底有多虛弱？

　　「還有一件大事，這次期中考之中貴公子竟然有科目沒考滿分，這次入學以來第一次，聽說在辦公室掀起一陣風暴，啊～啊～公子因為思念成疾，所以沒有發揮實力，多麼可憐啊，到底公子思念的人是誰……」

　　感覺淑語還在嘮叨，不過清楚優等生不在巴士上的理由，我也就鬆了一口氣，逕自換完衣服後就出去練習了。

不過，從那天之後，我再也沒在 360 號巴士上看見雷天擇的身影了。

****

不知為何，從那一天開始，我又遲到了好幾次，青蛙教練看我故態復萌，沒給我好臉色看，譚學姐和田學長也擔心的問了幾句。

「是因為貴公子沒來司令台看我們，所以小婷才無精打采吧。」

「才、才不是臭優等生的關係，絕對不是！」

那一天遲到，又被青蛙教練罵了一頓後，聽淑語隨口一問，我立刻激動的反駁，弄得對方一臉莫名其妙。

怎麼就因為巴士沒他的身影，我就提不起勁追車⋯⋯

絕、絕對不是這樣，我不承認！

啊～啊～怎麼可以承認這種事⋯⋯

「那傢伙幹嘛感冒！怎麼這麼久還沒好？真是氣死人了！」

跑到廁所去洗臉，看著自己紅通通的臉蛋，我忍不住惱羞成怒。

　　跑步吧，跑到不會胡思亂想，拍拍臉頰，我開始在操場奮力的練跑。

　　就在跑完第二圈時，見淑語興奮的嚷嚷，我心跳一陣加速，轉頭一看，果然看見優等生就站在操場旁，我不由得停下腳步。

　　他來了，臉色看起來還有點蒼白，感冒好了嗎？

　　當下我的視線被優等生牢牢吸住，誰知道他只是在操場邊緣站一會兒就轉身離開了。

　　咦！咦？這到底是怎麼一回事？

　　那一天午後的社團活動，我在練習中一直恍神，連對青蛙教練的敷衍都做不到，還被以身體不舒服為理由，被迫早退了。

　　一定是身體不舒服吧。

　　那一晚我幾乎沒睡，一到通學時間，用單車追上 360 號巴士，然後我絕望的發現優等生的身影沒在巴士上，放課後，優等生更沒有在操場出現。

　　那一天我心亂如麻，完全無心在田徑練習上。

　　對、對了，一定是作息不同，想要多睡一點，我也可以體會。

查了時間的列表，我比平常晚了許多出發，直到追上晚一班的 590 號巴士，結果還是沒在巴士看見優等生的背影。

「啊啊，貴公子已經不會在司令台那邊看我們練習了嗎？莫非他終於死心了？還是說已經悄悄的失戀了？」

那一天聽見淑語這樣講，我心頭沉下來，沒辦法做出任何回應。

一定是早一班巴士吧？

聽說優等生坐這麼早的班車是來學校早自習，這次考試失利，一定是搭了早一班巴士，來學校讀更多的書⋯⋯

真、真是的，到底多愛讀書，那個臭優等生！

隔天，總是能多睡一刻就一刻的我起了個大早，連媽媽都嚇了一跳，騎上了單車，追上早一班的 360 號巴士，我抱著些許的希望化成了一片片。

不由自主的停下來，我無力的牽著單車走在路旁。

已經不能再追逐你所搭乘的巴士了嗎？

已經不再對我感興趣嗎？

還是我誤解了，你喜歡的人根本不是我⋯⋯

在這一刻，我終於明白了⋯⋯

我已經喜歡上連話也沒有說過一句的雷天擇。

啊啊，可是卻連一句話都沒說就失戀了⋯⋯

不知不覺，淚水從頰邊緩緩流下來，覺得好難過⋯⋯好難過啊⋯⋯

沒辦法再走下去了，眼淚停不下來，我停在路旁丟臉的哭出聲音。

就在這時，忽然聽見煞車聲，馬路的對面停著一輛單車，牽著單車的正是雷天擇。

我們視線相交了，當下雷天擇牽著單車，從對面向我走過來。

咦？咦！

這到底是怎麼回事？

我的心跳開始加速，不受控制的亂跳了⋯⋯

國家圖書館出版品預行編目資料

溫哥華愛未眠／雪倫湖、藍色水銀、語雨　合著. —初版.—
　臺中市：天空數位圖書　2021.08
　　面：14.8*21 公分
　　ISBN：978-986-5575-56-4（平裝）

863.57　　　　　　　　　　　　　　　　　　110014516

書　　　　名：溫哥華愛未眠
發　行　人：蔡秀美
出　版　者：天空數位圖書有限公司
作　　　者：雪倫湖、藍色水銀、語雨
編　　　審：龍璇科技有限公司
製 作 公 司：辰坤有限公司
美 工 設 計：設計組
版 面 編 輯：採編組
出 版 日 期：2021 年 08 月（初版）
銀 行 名 稱：合作金庫銀行南台中分行
銀 行 帳 戶：天空數位圖書有限公司
銀 行 帳 號：006-1070717811498
郵 政 帳 戶：天空數位圖書有限公司
劃 撥 帳 號：22670142
定　　　價：新台幣 250 元整

電子書發明專利第　Ｉ　306564　號

紙本書編輯印刷：
電子書編輯製作：
天空數位圖書公司 E-mail：familysky@familysky.com.tw　http://www.familysky.com.tw/
地址：40255台中市南區忠明南路787號30F國王大樓　Tel：04-22623893　Fax：04-22623863